ドS社長の過保護な執愛

目次

ドS社長の過保護な執愛

第一章

紗絵《さえ》は、今年も花見をしないまま桜の季節が終わりそうだな、と物悲しい思いで、ガラスの向こうの街路樹をデスクからぼんやりと眺めていた。

すると突然、上司である槌谷《つちや》明司《あかし》の鋭い声がオフィスに響き渡る。

「本田《ほんだ》、この図面、全部作り直せ」

明司は偉そうに椅子にふんぞり返り、腕を組みながら顎《あご》をしゃくった。

「えっ!?」

紗絵は慌てて立ち上がり足を踏み出す。その拍子に、椅子に膝を強くぶつけてしまい、じんと響くような痛みが走った。

「いったぁっ！」

思わず足を押さえて蹲《うずくま》った途端、椅子ががたんと大きな音を立てる。なにかが背もたれに引っかかったのかもしれない。

「わっ、やば」

紗絵は慌てて椅子を支えてほっと息をつく。

「あ〜びっくりした」

するると、即座に「やかましい」と、明司の大きな声がした。そっちの方がよほどやかましいのでは、と心の中でだけ難癖をつけて、立ち上がった。

肩の下まで伸びた茶色の髪が唇にぺたりと貼りつく。それを手櫛《てぐし》で整えて、椅子を元の位置に戻した。

「お前な……もうちょっと落ち着けないのか？　あっちにまで聞こえるだろうが」

明司は応接室にちらりと目を向けてから紗絵を睨《にら》んだ。応接室ではクライアントとの打ち合わせが行われている。

「うるさくしてすみません……で、あの、作り直しって？」

紗絵は呆れた顔をする明司の前に立ち、前のめりにデスクに手を突いた。

この春で、紗絵が槌谷住宅で働いて丸六年になる。社長である明司とのこういったやりとりは日常茶飯事であった。

「そのままだ。間違ってる」

明司はデスクの上に置かれた図面をとんと人差し指で突いた。その仕草にイラッとしたものが込み上げてくる。

「どこですか？」

提出する前に数値は何度も確認したはずだ。間違いがないことも確認している。

「一箇所な。ここ。お前、コピペしただろ」

彼が指差した先には、ほかの図面からコピーした数値がそのまま残っていた。この案件はそれと使用する断熱材の厚さが違うのに、変更するのを忘れていたらしい。思わず、うわっと声が出そうになるのをなんとかこらえて、頭を下げた。

「ほんとだ！　すみませんっ！」

「チェックお願いしますって持ってきた時の、あの自信満々な顔はいったいなんだったんだ」

「何度もチェックしたので、間違いないはずだと思って」

「本田は思い込みが激し過ぎる。間違いないはずだ、って何度目だ？」

「はい……」

「数字だけを見てるからこういう間違いが起きる。このまま出してもクライアントは気づかないだろうが、もしもこれが現場で反映されたらどうなる？　コストは大幅にアップし、さらに要求性能を満たせていないから工事のやり直しだ。どれだけの損失が出るか考えろ。トイレの便器にドアが当たって開きませんけど、契約書にサインしたのはそちらですよね？　とでも言うつもりか？」

「申し訳ありませんっ」

そんなこと言われなくてももちろんわかっている。ミスをしたのは自分で、悪いのも自分だ。

明司の言う通り、紗絵の作成した図面では断熱材の厚さが間違っているせいでトイレの面積が変わってしまい、そのまま作るとドアが便器に当たってしまっていた。

もしもミスに気づかないでいたらと考えると、顔から血の気が引く思いがする。

「お前のうっかりミスでこんな家を造られたクライアントはたまったもんじゃない。こういう単純なミスほど気づかないものなんだ。慣れてきたからって自分を過信するな。間違いないはずだと思うな。絶対にミスはあると思ってチェックしろ。お前は学生時代にもう少し寸法感覚を学んでおくべきだったな。ちゃんと卒業したのか？」

やれやれとバカにするように鼻で笑われ、返す言葉もない。

（そこまで言うっ⁉　腹立つ～！）

紗絵は、口元を引き攣《つ》らせながらすごすごと自席に戻った。

紗絵が働く槌谷住宅は、明司の父親が社長を務める槌谷建設の子会社だ。

槌谷建設は高層マンションや大型商業施設などを手がける大手建設会社だが、その子会社である槌谷住宅は、自由設計を売りとして主に個人向けの住宅や中規模のマンション、店舗の設計を手がけている。

オフィス街の一角にそびえ立つ槌谷建設の目と鼻の先にあるビルの一階と二階が事務所となっており、社員数は二十名ほどと少ない。

槌谷建設は大手だが、子会社である槌谷住宅は設立してまだ六年の若い会社だ。一級建築士で、さらに有名な建築家でもある明司のネームバリューのおかげで客は引きも切らないが、実績はまだ十分とは言えないだろう。

紗絵は大学卒業後、槌谷建設に就職し、現在は槌谷住宅に出向という形で働いている。

設計士として明司のサポートをしているが、クライアントの資金計画の相談に乗るのはもちろん、現地調査をしたり、建築確認申請のために役所を訪れたり、時には土地探しも行う。設計士という名のなんでも屋で、日々、明司にこき使われていた。

動き回る日も多く仕事は膨大で、疲れて食事もとらずに寝てしまうことも多々あり、太る暇もないくらい忙しい。

とはいえ、社長である明司は紗絵以上に忙しい。設計担当としてクライアントとの打ち合わせにも参加するし、図面の最終チェックは必ず明司が行っている。

(初めて会った時は、あの槌谷明司と仕事ができるって浮かれてたし、そのイケメンっぷりに見蕩れちゃったけど、翌日には後悔することになるって、あの頃の私に教えてあげたい)

紗絵は自分への情けなさに対するため息を呑み込んで、デスクにいる明司に視線を向けた。

年齢は、二十八歳の紗絵よりも三つ上の三十一歳。誕生日は一月。身長は百八十。家族構成は両親と明司の三人。槌谷建設社長の息子というハイスペックなエリートである。

さらに言えば、見た目も抜群に良かった。

真っ直ぐで豊かな黒髪から覗く男らしく太い眉に、鋭く細められた目。どこか日本人離れした彫りの深い顔立ちは、見るものをハッとさせるほど整っている。

手足の長さ、バランスのいい体躯《たいく》、凛々《りり》しい立ち姿を含めて、悔しいことに見た目には欠点と言える部分が一つもない。

気品のある立ち居振る舞いや、彼の立場を考えても、女性から引く手数多《あまた》であることは間違いない。

(それなのに性格がこんななんて、残念過ぎる)

大学時代から明司のファンだった紗絵の頭には、彼の詳細なプロフィールがインプットされている。

性格がどうだろうと、彼の建築家としての腕は最高だ。しかし、もう少し優しい性格ならばと考えてしまうのは致し方ないことだろう。

(建築家としてたまにテレビに出てるから、社長目当ての冷やかし客がけっこう来るし、モテないわけがないんだよね。でも、恋人にも『君は情緒というものをもう少し学んでおくべきだったな。幼稚園は卒園したのか？』とか言ってそう。どれだけイケメンでも、社長とプライベートでまで付き合うなんて私は絶対やだな)

紗絵は自分の想像で噴きだしそうになるのをなんとかこらえ、隠すように口元に手を当てた。こんなところを見られたら、また嫌味の百や二百が飛んでくる。

(ま、社長に恋人がいてもいなくても、私には関係ないんだけどね)

ただ、これまで幾人の女性を虜《とりこ》にしてきたのだろうと考えると、あまりお近づきにはなりたくない。明司ほどの男が自分を恋愛対象とするわけがないとわかっていても、恋愛経験が少ないなりに自分の中にある警戒心が、この男に近づいたら危ないぞと信号を発している気がするのだ。

(私に恋愛する暇がないのも、社長のせいだけどっ！)

明司に近づく予定もないし、厳し過ぎるこの上司に恋愛感情を抱く予定もないが、なんだか悔しくはある。いろいろなところでモテモテの明司と違って、紗絵には出会いも出会いを作る時間もないのが現状だ。

（でも、『ずっと住み続けられる家』は、本当に……本当に素敵だったのに！　あれを造ったのがこの鬼上司だなんて！）

紗絵は大学時代、建築学科に在籍していた。

そしていつかは一級建築士になる夢を抱いていたのだが、明司との出会いで自分がいかに凡人かを思い知ることとなったのだ。

それは、紗絵が建築デザインの国際コンペに挑戦した時のこと。

建築部門のテーマはサスティナビリティー。時代に合ったテーマだと意気込み、会心の作品で勝負にでたつもりだった。

ここで賞を取ったとしても華々しく建築家デビューなんてできる業界ではないけれど、就職に有利になるだろうし箔《はく》がつくと思っていた。

けれど結果は惨敗。佳作にさえかすりもしなかった。

最優秀作品賞は、紗絵と同じ大学生の『ずっと住み続けられる家』という模型だった。なんの捻《ひね》りもない普通のタイトルだな、と鼻で笑ったのは、粉々になった自分の矜持《きょうじ》をなんとか保つためだ。

国際コンペとはいえ、応募は学生が中心。海外の受賞作品はインターネットで閲覧が可能で、国内の受賞者は小さな会場で授賞式と展示が行われた。

どんな作品が最優秀賞に選ばれたのかと会場に足を運んだ時、一目でその作品に心を鷲掴《わしづか》みにされた。

どれだけ自分が手を伸ばしても届かない才能があると思い知った。悔しかった。どうして自分が選ばれなかったのかわかってしまったから。嫉妬の感情が芽生えたけれど、それ以上に槌谷明司という男の才能に惚れて、憧れてしまった。

友人や先輩、講師にも褒《ほ》められうぬぼれていた紗絵の作品は、賞を取るためのものだった。優れたデザインの模型ではあっても、それだけだった。そこに誰が住んでどういう生活を送るかなんて、まったく頭になかったのだ。

でも彼の作品は違った。きちんとそこに人が存在し、まるで生活をしているみたいだった。

全身に鳥肌が立つような感動を覚えて、紗絵はしばらくその場から動くことができなかった。

実際に彼の造った家を見たいと思ったし、その家に住みたいと思った。だから彼を追いかけて、槌谷建設を就職先に選んだのだ。

明司はその後、二十代の若さで一級建築士の資格を得て、とある美術館の設計を担当した。

それが瞬《またた》く間に評価され、最年少で建築を通じて環境に貢献した人に与えられる権威ある建築賞を受賞するに至った。

建築家、槌谷明司の名前はこの業界にいれば必ず一度は耳にする。初めて本人に会えた時、紗絵がどれだけ興奮し嬉しかったか。もちろん今もその気持ちに変わりはないし、彼への尊敬の念も失せていない。だが——

（社長を追いかけてきたことは後悔してない……してないけど、チクチク、チクチク重箱の隅を突《つつ》いて楽しむようなドSだとは思わなかった！　いや、ミスした私が悪いってわかってるよ！　正論だともわかってるけど！　言い方ってあるでしょ！）

デスクの前で拳《こぶし》を握りしめていると、背後から紙の束をどさりと手渡された。

「ついでにこっちの別件も修正。クライアントは建築知識に関して素人《しろうと》だと念頭に置いておけと言っただろう。なんでもかんでも要望に応《こた》えようとしてどうする。無茶を聞いて困るのはお前じゃない。これから先、その家に住む人だ」

「はい……」

デスクの上には、修正するための図面が束となって置かれていた。パソコンの画面が半分ほど隠れてしまっている。自分の失敗のせいで明司の仕事まで増やしていると思うと、よけいに悔しい。

「過去事例集に目を通したら、これがあり得ない図面だってわかるはずだ。ってことでやり直し、全部、今すぐ」

紗絵は肩を落としながらデスクの上にある紙の束を自分の方へそっと引き寄せ、がっくりと項垂《うなだ》れた。胸の内で盛大に彼を罵倒《ばとう》し誤魔化しているが、本当は誰より不甲斐ない自分に腹が立っている。紗絵は滲《にじ》みそうになる涙をこらえ拳《こぶし》を握りしめた。

憧れていた槌谷明司はたしかに才能の塊《かたまり》だった。尊敬する人の仕事を間近で見られる。一緒に仕事ができるなんて夢のようだと入社当時は喜んだ。

ただ、あの頃の紗絵は知らなかった。明司がこんなドS鬼上司だったなんて。

仕事が厳し過ぎて本気泣きしそうになったことも、高く積み上がっていく終わりの見えない仕事に心が折れそうになったことも数知れず。

(まぁ、一番仕事を抱えて最高の結果を出す人だから、みんなついていくんだけどさ。それでも悔しいっ！　いつか見返してやるんだからっ！）

紗絵はふんっと鼻を鳴らす。

「聞いてるのか？」

さらに鋭くなった目で睨《にら》まれ、口元を引き締めた。

「はい、すぐに直します！」

「反応が遅い」

「次から次へと言われるので、頭がパンクして、社長の言葉を理解するのに時間がかかるんです」

紗絵は唇を尖らせて、ふいっと目を逸らした。

失敗が多いのはわかっているし、反省もしている。でも今まで、二度注意されるようなミスはしていない。

それでも口が達者な明司に矢継《やつ》ぎ早《ばや》に責められるとダメージは大きい。ぐうの音も出ないほどの正論だからよけいに。

（本人は責めているつもりはないだろうし、こちらの言い分も聞いてくれる。私の被害妄想だってわかってるけど、なんかもう悔しいし悲しい……）

憧れていた上司が厳しいとわかっても、がっかりはしなかった。むしろ、彼の仕事に対する姿勢をますます尊敬したし、一緒に働けて良かったと思っている。

（でも、もう少し優しければなぁ。この性格がさぁ）

明司はドS鬼上司だが、誰にでも嫌味を連発しているわけではない。

負けず嫌いな性格のせいで、紗絵がぽんぽん言い返すからだ。それをわかっていながら彼が紗絵をいじってくるため、なおさらこちらもヒートアップしてしまう。

「パンクするほど頭使ってないだろうが！　それに、性格の悪さでお前に迷惑はかけてない。人の性格をとやかく言う前に、その迂闊《うかつ》さをクライアントの前で披露《ひろう》しないように口を縫《ぬ》いつけておけ！」

「え……声に出てました？」

紗絵はやばいと口に手を当てた。赤くなったり青くなったりしながら、ちらちらと明司を見つめる。

「お前な……そういうところだぞ。声に出てなくても丸わかりなんだよ！」

明司は心底疲れた表情で深いため息を漏らした。いい加減にしてくれと言いたげだ。

「あ、良かった」

「良くない！　その喜怒哀楽でころころ変わる顔もなんとかしとけ！　怒られて不服ですって顔、絶対クライアントの前でするなよ？　クレームを入れてくるようなクライアントに当たって問題になったら、お前の評価にだって関わってくるんだからな？」

「してませんし、お客様からクレームなんて入ったことありませんから！」

「俺はこれからの話をしてるんだ。はぁ、もういい。お前と話してると疲れる。さっさとその図面を作り直して再提出！　急げよ？　今日中だからな？」

「はい！」

「返事だけは素直だな」

やれやれと呆れたように肩を竦《すく》めながらデスクに戻っていく明司を横目に、早速修正に取りかかった。

付箋《ふせん》を一枚ずつ確認すると、自分のうっかりさに泣きたくなる。

(チェックしたのに、なんで見つけられなかったかなぁ……私のバカ)

断熱材の厚さを数センチ間違えるだけで、今の住まいから持ち出す予定の家具が入らないという可能性だってある。それ以前にミスがわかった段階で基礎工事からやり直しになるし、信用をなくすだろう。

ほかにも所々に付箋《ふせん》が貼りつけてあり、その細かさにうんざりするよりも、的確な指示を出す彼にやはり傾倒してしまう。

明司と同じ年になっても、同じように仕事ができるとは思えない。

(私も、いつか……一級建築士になれるかな)

明司を見ていると自信がなくなっていくばかりだ。それでも負けたくないと思う。明司より時間がかかったとしても、建築家の夢を諦めたくはない。

紗絵がすべての図面を修正し終えてOKが出た時には、二十二時を過ぎていた。ほとんどの同僚はすでに退社していて、残っているのは自分と明司だけだった。

「お先に失礼します」

「あぁ、お疲れさん」

明司に声をかけて会社を出ると、冷たい風に身を震わせる。三月の終わりとはいえまだ肌寒かった。紗絵は薄手のコートの前をかき合わせながら駅へ向かう。

紗絵が住んでいるのは会社から地下鉄で三十分、さらに徒歩で十分ほどの場所にあるワンルームマンションだ。

駅周辺は繁華街や商店街で朝から夜まで賑《にぎ》わい、コンサートホールや劇場、ショッピングモールといった大型施設もある。

さらにJR線や、地下鉄でどこへ行くにも困らないとくれば、築年数四十年の物件ながら多少家賃が高いのも仕方がない。

いつものようにアーケードのある商店街を歩く。店はほとんど閉まっているが、夜でも明るい商店街を通って帰るサラリーマンは多かった。商店街を抜け、オフィスビルが建ち並ぶエリアを通り過ぎると、五階建てのマンションが見えてくる。

(今日はかなり遅くなっちゃったな～。でも、ようやく今週も終わった)

紗絵はスマートフォンの時刻を見てため息をついた。連日の残業に身体は疲れ果て、足下が覚束《おぼつか》ない。明日が土曜日で仕事が休みなのがせめてもの救いである。

マンションのポストからは、チラシやなにかが溢《あふ》れていた。

そういえば前にポストを開けたのはいつだったか、と首を捻《ひね》りながら、紗絵は持っていたエコバッグの中に紙の束を適当に入れていく。

(なんかいろいろ入ってるけど、見るのは明日でいいや……今日はもう寝よう)

紗絵は重い身体を引きずりながらマンションの階段を上がり、部屋に辿《たど》り着く。

玄関を開けて靴を脱ぎ捨てたところで、ごろりとフローリングに寝転がった。ベッドがすぐそこにあるのに、眠くて眠くて仕方がない。

意識がすっと遠ざかっていき目を瞑《つぶ》るや否《いな》や、ほとんど気絶するように寝入ってしまった。

「ふえっくしゅんっ」

自分のくしゃみに驚いて目を覚ますと、フローリングで寝ていたためか、肩や背中がじんじんと痛んだ。

「うわ、また床で寝てたよ……いたたた……」

紗絵は、凝《こ》り固まった身体をのろのろと起こし、コートをソファーに投げた。バッグを床に置くと、そのままバスルームへ直行する。

半分目を瞑《つぶ》りながら、シャンプーを手に取り髪を泡立てるが、なぜかいつもと匂いが違う気がする。

「なにこれ？　ボディソープ？　まぁいいや」

自分が頭につけたのはシャンプーではなかったようだ。

シャワーを頭からかけ、泡を洗い流す。汚れは落ちているだろうから、そのままトリートメントをつけた。

実家にいた頃、母にも兄にも言われたが、紗絵はうっかりやらかすことが本当に多い。疲れているとそれがよけいにひどくなってしまうらしい。一人暮らしを家族全員に止められたくらいだ。

トリートメントを洗い流すのを忘れるのもしょっちゅうで、朝慌ててシャワーで洗い流して仕事に行くことも珍しくなかった。

仕事に必死になればなるほど私生活がだめになる。それを明司が知ったら、きっと今まで以上に呆れられるだろう。彼に追いつくなんて口で言うのは簡単だが、実際にはどれだけ必死に走っても追いつけないくらいの距離がある。ただ、そうとわかっていても諦めたくないだけだ。

「疲れた～」

髪を適当に乾かし、おざなりに顔の保湿を済ませて、ベッドに飛び込む。寒さに全身を震わせながら毛布にくるまった瞬間、紗絵はすとんと眠りに落ちた。


室内の明るさで目を覚まし、ぼんやりとしたまま時計を見る。

短針は四を指していた。一週間分、泥のように眠ったからか、かなりすっきりしているが、深夜に寝たのに四時間ほどで起きられるなんて非常に珍しい。

「あれ？　もしかして朝じゃない？」

朝にしてはやけに明るい室内に困惑し、スマートフォンを確認した。時刻は十六時とある。

「うそ～寝過ぎ……私、何時間寝てたの」

土曜日が半分以上過ぎてしまっているではないか。

身体がギシギシいうわけだ。紗絵は頭や腕をぐるぐる回しながらベッドを下りて、洗面所へ向かった。

スタイリングをせずに寝てしまったが、髪は多少寝乱れているだけだ。癖のつきにくいストレートの髪は楽でいい。

軽く髪を梳《と》かして、洗顔する。しっかりと肌をケアしながら一週間分の疲れを落としていると、お腹からきゅるきゅると音が鳴った。

（……うちになんか食べるものあったっけ？）

コンビニで購入した生野菜と、冷凍したご飯にレトルトカレー。それらを皿に盛りつけ、小さなローテーブルに運んだ。

「いただきます」

料理は好きでも嫌いでもなかったが、ここ最近まともに料理ができていないのは仕事が忙し過ぎるせいだ。せめて栄養バランスのいい食事をと考えてはいても、手軽さには抗《あらが》えない。しかし、洗わずに食べられる生野菜にも飽きてきた。

（ミスさえしなければ、昨日はもう少し早く帰れたはずなのに）

とにかくケアレスミスをしないようにしよう。

紗絵は決意を新たにし、食事を進める。人を相手にしている仕事だけに正解のない問題も多く、あとはとにかく経験を積むしかなかった。

「あ、そうだ」

食事を終えて食器を洗い終えたところで、昨夜、エコバッグの中に大量のチラシを突っ込んだことを思い出した。ほとんど目を通す必要のないチラシばかりだと思うが、そのまま捨てるわけにもいかない。

一枚ずつ見ていくと、同じ手紙がたくさん入っていることに気づく。

「あれ、これって……」

手紙はこのマンションを管理している不動産会社からで、一週間おきに何通も来ていた。内容はほとんど同じで、四月には建物を取り壊す工事に入るため、すぐに退去を求めるというもの。

そういえば、一年以上前、マンションの入り口に貼ってあったじゃないか。

「そうだ、ここ建て替えで取り壊すんだった。うわっ、うそ、四月ってあと一週間しかないじゃん！」

知らなかった、じゃ済まされない。知っていたのだ。建物の老朽化で外壁の一部が剥《は》がれ落ちてきて、廊下の柱にヒビが見つかったため建て替え工事を行うと。

けれど、あと一年もあるしと放置していたのは自分だ。己の迂闊《うかつ》さをこんな時に呪いたくなるなんて。

(だからここ最近、登録してない番号から何件も電話があったんだ……たぶん、管理会社だよね……なんか引っ越していく住人が多いと思ってたんだよ！)

連絡がつかない、手紙の返信もないでは、管理会社も困っただろう。

仕事が忙しかったし、知らない番号だったから出なかった、なんて言い訳だ。

あの鬼上司ならば残念そうな目をしながら言うだろう。『お前、プライベートでもうっかりし過ぎじゃないか？』と。

あまりの動揺に襲われ、つい明司のドSっぷりを思い出してしまったが、ひとまず冷静になってこれからのことを考えなければ。

(明日の休みで部屋を決めるとか無理だし。そうだ、部屋が決まるまでお兄ちゃんのところに避難させてもらおう。あとは引っ越しの手続きをしなきゃ。お金なんて使う暇もないから、贅沢《ぜいたく》に梱包は全部お任せにするとして。うん、よし、いける気がしてきた)

兄の誠《まこと》は、紗絵の五つ上の三十三歳だ。実家を出て一人暮らしをしているマンションはファミリータイプのため、紗絵が居候《いそうろう》しても広さに問題はない。

それに出張が多く、一年の半分ほどは部屋を空《あ》けているため、たまに換気と掃除をしてくれと頼まれるから、合い鍵を預かっている。だめとは言われないはずだ。

「お兄ちゃん、日本にいるかな」

誠に電話を入れると、すぐに電話は繋がった。

「あ、お兄ちゃん？　私」

『なに？』

「ちょっと困ったことになっちゃって。すぐに今のマンションを出ていかなきゃならないんだけど、引っ越し先が決まるまで、お兄ちゃんのところに居候《いそうろう》させてくれない？」

事情を説明すると、電話の向こうから深いため息が聞こえてきた。誠は兄として妹のうっかりミスを何度も見てきているため、怒るのも疲れるというところだろう。

『わかった。俺、一ヶ月ほどいないから、空《あ》いた部屋を使っていい。その代わり俺が帰ったあとの掃除もゴミ捨ても全部お前な？　あと、さっさと引っ越し先を決めて出ていくこと。邪魔だから』

「はい、すみません」

明司に返事をするように小さくなって答えると、兄にふんと鼻で笑われた。

『珍しく殊勝《しゅしょう》だな』

「昨日上司からも迂闊《うかつ》だって怒られたから、ちょっと反省してるとこ」

妹の仕事にまったく興味がなかったのか『へぇ』とだけ返され、電話を切られたのだった。

第二章

次の土曜日。引っ越し業者に来てもらい、荷物をすべて運び出した。

すぐに使うものや貴重品は手荷物として運ぶため、けっこう重い。

紗絵は最後に退去の手続きを取り、兄のマンションへ急いだ。

兄が住む部屋は品川区内に建つ二十階建ての分譲マンションだ。

築年数は新しく、駅からもそれなりに近い。住人はファミリー層が多いらしい。オートロックにコンシェルジュサービス、プール、ジム完備とあり、何期かに分けての予約販売で全戸数完売したと聞いた。

エリート商社マンの兄は、恋人と結婚したあと、ここで生活ができるようにとマンションを買ったようだ。しかし、出張ばかりですれ違うことも多く、なかなかプロポーズに踏み切れないらしい。

鍵を開けて待っていると、三十分も経たずに引っ越し業者がやって来る。

出張でいない兄が紗絵のために空《あ》き部屋を掃除していてくれるはずもなく、業者がベッドを運び込む前に急いで部屋の掃除をした。

段ボールが部屋の端に積まれていくのを見ながら、肩を落とす。片付けることを考えるだけで頭が痛くなりそうだ。

(これ、一日くらい有給使っても良かったんじゃない?)

荷造りのほとんどを業者任せにしたとはいえ、使わない家具を一時的に預けるための倉庫の手配や、電気、ガス、水道への連絡。やることは山ほどあったのだ。

とりあえず寝られるようになったところで力尽き、紗絵は綺麗になったフローリングの上でごろりと大の字に寝転がる。

「あぁぁ、もう、お腹空《す》いた〜!」

午前中からばたばたと動き、時刻はすでに十五時を過ぎている。紗絵は朝からなにも食べていなかった。冷蔵庫の整理をしたあと、朝食を買っておくのを忘れたのだ。

叫んだところで誰かが用意してくれるはずもない。段ボールの片付けはまだ終わっていないが、休憩を兼ねて近所を歩いてみようと思い立ち、身体を起こした。

ジーンズとTシャツの上からパーカーを羽織り、バッグと鍵を持って部屋を出ると、隣の角部屋のドアが開き男性が出てくる。

「こんにちは」

これからしばらくはこの部屋に住むのだ。挨拶《あいさつ》をしておいた方がいいだろうと声をかけた。

しかし男性がこちらを向いた瞬間、紗絵は頭がバグッたような、意識が遠くなっていくような不思議な感覚に陥《おちい》る。どうやら現実逃避をしていたらしい。

「な、なんで……こんなところに」

「それはこっちのセリフだ」

隣の部屋から出てきた明司は、驚いているというより不機嫌そうな顔で紗絵を睨《ね》めつけていた。

そういえばこのマンションは槌谷建設が担当していたんだった、と思い出すと同時に、隣人が上司という絶望感に襲われる。

（もしかしたら、友だちが住んでて遊びにきただけかも）

けれどその希望は、すぐさま打ち砕かれる。

「社長は、ここにお住まいに？」

「そうだが」

一縷《いちる》の望みにかけて尋ねるが、呆気なく肯定されてしまった。

紗絵はあからさまにがっくりと肩を落とした。

「お前は？」

「あの、今日引っ越してきまして」

明司はスーツこそ着ていないが、ワイシャツに緩めのパンツスタイルで、埃《ほこり》まみれのラフ過ぎる自分の格好とは大違いだ。

「隣の住人、引っ越したのか」

明司はそう言いながら眉を上げた。

「じゃなくて、一緒に暮らすことに」

「そうか。会社への住所変更手続きを、うっかり忘れるなよ」

兄と、と言う前に話を遮《さえぎ》られて、彼は紗絵を置いてエレベーターホールへ向かってしまう。

「さすがに忘れませんよ」

明司の背中を追いかけながら声をかけるが、返事はなかった。

エレベーターを待つ間も、微妙な沈黙が落ちる。仕事で会話はするが、プライベートの会話などこの六年一度だってしていない。

(別に一緒に来ることなかったんじゃ……)

今さら気づいても遅かった。

さすがに会社から離れた場所で怒られるとは思わないが、明司といると、またなにか怒られるのではと身構えてしまう。

(忘れ物したって言って、部屋に戻れば良かった)

到着したエレベーターに乗り込み、紗絵がロビー階のボタンを押す。

「社長は、お買い物ですか?」

さすがにエレベーター内で「今日はいい天気ですね」という会話もないだろうと、無難な話題を口にすると、明司からは「あぁ」とだけ返事があった。

(続かない……続かないよ！)

間が持たずに紗絵がエレベーターの階数表示にばかり目を向けていると、同じように上を見ていた明司が口を開いた。

「片付け大変だろ？　休みを取らなくて良かったのか？」

「え、取らせてくれたんですか？」

テンポ良くそう聞き返してしまったのは、毎日、打ち合わせやら役所への用事やらが詰まっている状況で休みの申請などできるはずがない、という思いからだった。

「当たり前だ。有給休暇を取得する権利があるんだから使えばいい」

「え、どの口が」

取得する権利があったとしても休める状況ではなかったと、誰より知っているはずなのに。当然のように言われると、苛立ちのあまり、つい口に出してしまう。

怒られるかと思ったのに、明司はなにも言わなかった。

しばらくして突然、隣から小さな笑い声が聞こえてくる。空耳かと首を傾げたところでエレベーターが一階に到着した。

「……じゃ、私はこれで失礼します！」

紗絵は、脱兎《だっと》のごとくエレベーターを飛び出し、ロビーを走った。

「おいっ」

背後から声をかけられても知らないふりをする。

エントランスに出ると、マンションに入ってくる子ども連れの母親とすれ違った。母親は小綺麗なワンピースに身を包み、子どもと手を繋いでいる。

一方紗絵は、パーカー、埃《ほこり》にまみれたTシャツとジーンズ、薄汚れたスニーカーだ。もちろん、いつもこうではないし、引っ越し作業のための格好ではあるが、なんとなくロビーに立つコンシェルジュの視線も不審者を見るような目だった気がした。

(これ……明らかに浮いてるって。着替えてくれば良かった)

この格好で明司の隣に立っていたと考えると、よけいに恥ずかしくなる。

(ほんと、こういうところがだめなんだ)

きっと明司にも呆れられたことだろう。

(別に、社長になんて思われてもいいんだけど。そうなんだけど!)

美形の隣に立つには、この格好では戦闘力が足りな過ぎるのだ。逃げてきて良かった、と胸を撫で下ろしながら、賑《にぎ》わった方へ歩いていく。

この辺りは駅からそれなりに近く利便性もいい。

駅に直結した商業ビルにはスーパーはもちろん、若者向けのファッションブランドも多数入っており、買い物にも困らない。

兄は三十五年ローンだと言っていたが、相当の収入がなければローンの審査は通らないはずだ。

(社長の部屋は角部屋だし、たぶんお兄ちゃんの部屋より広いはず……一人暮らしなのかな？)

もしかしたら結婚の予定でもあるのだろうか。遊び慣れていそうな印象はあるが、明司の浮いた話はまったく聞かない。ただ、恋人がいないとも思えない。

明司の恋人になる女性はどういう人なのだろう。そんなことを考えていると、私なんて恋人どころか出会いすらないのに、というひねくれた思いが湧き上がってくる。

(あの人の恋人は、こんなぼろぼろの格好とか絶対しないでしょ)

隣に住んでいれば、この先、明司の恋人とすれ違う可能性もあるかもしれない。ぼろぼろで疲れ果てて帰ったところに、恋人といちゃつく上司の姿を見せられるのはかなりのストレスだ。

紗絵は、職場にも家にも安らぐ場所がなくなってしまったかのような絶望感でいっぱいになりながら、一人焼き肉店の暖簾《のれん》を潜《くぐ》った。

ランチと単品で肉を数種類注文し、それを待つ間、大学時代からの友人へ電話をかける。紗絵の仕事が忙しく、また友人の土日は彼氏のためにあるため、なかなか会えないが、電話だけは頻繁《ひんぱん》にしていた。

「あ、由美子《ゆみこ》？　私〜」

周囲の迷惑にならないように声を潜《ひそ》めるが、学生やファミリー客が多くかなり騒がしいため、そこまで会話に気を遣わなくても良さそうだ。

『引っ越し終わったの？』

「終わった。片付けは終わってないけど」

『なんかざわざわしてない？　どこで電話してるのよ』

「焼き肉屋。朝からなにも食べてなくてさ～。それより、ちょっと聞いてくれる⁉」

紗絵はスマートフォンを右手から左手に持ち替えて、テーブルに置かれた皿を手前に引き寄せる。皿に焼き肉のタレを入れたところで、肉がテーブルに並べられた。

『またなにかあったの？　憧れの社長と』

茶化すような口調で言われるのもいつものことだ。紗絵がそれだけ明司の話題を出しているからである。ただ、由美子はなにか勘違いをしているようで、明司と自分が恋愛関係になるような言葉を頻繁《ひんぱん》に口にした。

（そんなわけないのにね）

紗絵は苦笑しつつ、つい先ほど明司に会ったという話をした。

『まさかの隣人⁉　え、もうそれ運命じゃない？』

「なに言ってんの。隣にいるとか、朝から晩まで見張られてるみたいじゃん……もう泣きそうだよ」

愚痴を言うために電話をしたのに、なぜか由美子のテンションは高い。

『え～だって、憧れの人なんでしょ？　昔、槌谷明司さんのそばで仕事ができるなんて幸せ～とか言ってなかった？』

「言ったよ！　言ったし、今でもそう思ってるけど！　由美子だって社長の嫌味を聞いたらわかるって。この間なんて『お前は学生時代にもう少し寸法感覚を学んでおくべきだったな。ちゃんと卒業したのか？』とか言うんだよ⁉　信じられない！」

『社長の言ったこと一字一句覚えてる辺り、突っ込みどころ満載なんだけど』

「覚えてるに決まってるよ！　私、社長のこと一日中がっつり見てるからね」

『へぇ～がっつり。性格悪いとか言いながらやっぱり好きなんじゃないの？』

「そういう好きじゃないってば。本人に言えないんだから聞いてよ！　そりゃムカつくことの方が多いんだけど、あの才能の前では性格とかどうでも良くなっちゃうんだよね。まず外観デザインのセンスが天才的でしょ。それに目立たないところもすごいっていうか。ドS上司だけど、私、ほんと社長のそばで働けて良かった……」

『それで恋愛じゃないとか意味不明。いつも愚痴から始まって、最後は社長の賞賛で終わるよね』

「憧れと恋愛は違うの」

『へぇ～まぁ頑張って。そのうちいい話を聞けることを期待してるんだから。ね、片付け落ち着いたらご飯行こうよ。連絡して。じゃあ彼が構えって言ってるから切るね』

「ちょ、待っ……切れた」

謎の言葉を残され、一方的に電話を切られてしまう。話し足りなかった紗絵は、友人の素っ気なさにふてくされながらスマートフォンをテーブルに置いた。

金網の上に置いた肉はほどよく火が通り食べ頃だ。それを皿に取り、タレをつけて口に運ぶ。

（ん～美味《おい》しい！）

紗絵は二人前以上の肉を平らげてお腹を満たすと、街の散策に出かけたのだった。

＊　＊　＊

明司は遠ざかっていく小さな背中を見送りながら、行き場をなくした手をゆっくり下ろした。声に出そうなため息をなんとか呑み込み、エレベーターから降りる。

「一緒に暮らすって言ってたよな」

年下の部下に振り回されている自覚はあるが、声に出すとますます深く落ち込んでしまう。失恋程度でダメージを受ける自分の弱さに顔を顰《しか》めた。

隣に住んでいたのは、自分と同世代の三十代の男だったはずだ。ただ、思い出そうとしても顔が出てこない。

明司がこの部屋を購入した時にはすでに入居していた。しかし引っ越しの挨拶《あいさつ》に何度行っても隣人は留守で、隣近所と接点がないのも珍しくないかと諦めた。

結局、男の姿を見たのは、引っ越してかなり経ってからだ。

一緒に住むと言っていたから、隣人の男が紗絵の恋人なのだろう。

結婚に向けてなのか、ただの同棲かはわからないが、隣の部屋で片思いの相手が恋人と暮らし始めるなんて冗談のような話だ。

(建築家として尊敬されてるのはわかるんだが、上司としては嫌われてるだろうし、脈なんてほぼなかったからな)

どうしてこれほど紗絵が好きなのか。自分でも疑問に思うことがしばしばある。まったく明司の気持ちに気づかない紗絵にイライラし、意地で好きでい続けているような気がしないでもない。

迂闊《うかつ》でミスは多いし、十を言えば五くらいしか頭に入っていない。感情が顔に出やすく、客との打ち合わせでは、はらはらすることばかり。

ただ、いつも一生懸命で、彼女の笑ったり怒ったり忙しい感情の変化を気に入っているのもたしかだった。

本人には、客の前でわかりやすく感情を見せるなと口うるさく言っているのに、変わってほしくないとも思う。

(今は無理でも、いずれはと思っていたんだが……どうするかな)

彼女が目指す一級建築士になったら、自分と肩を並べて同じ仕事ができるようになったら——上司としてではなく一人の男として口説きたい、そう考えていた。

そこまで悠長に構えていられたのは、普段の彼女にまったく男っ気がなく、ほかの男に取られる心配を微塵《みじん》もしていなかったからだ。

(前に恋人ほしい〜とか言ってたよな？　でも、合コンなんてする暇もなかったはず。あれからできたのか？)

明司はマンション近くの喫茶店に向かって歩きながら、顎《あご》に手を当てる。ぼんやりと考え事をしていても、歩くスピードは速く迷いはない。

駅と隣接する商業施設にも多数の飲食店が入っているが、土日になると近隣から来る客でごった返すため、明司は足を延ばして顔馴染みとなった店主の店を利用していた。モーニングやランチで家庭料理を提供しており、価格も安く、それでいて美味《おい》しく、一人暮らしの自分にはありがたい店だ。

古めかしい木のドアを開けて、厨房《ちゅうぼう》にいる店主に会釈《えしゃく》をする。若い女性店員がやって来て、すぐに席に案内された。

「いらっしゃいませ。あの、こんにちは」

この店で数ヶ月ほど前から働く女性店員は、頬を染めながら伝票を手に明司のもとへ来る。彼女のような反応は明司にとってなんら珍しくない。好意を持たれているとわかっても迷惑なだけである。

化粧っ気がなく、美人とは言いがたいが、優しそうな顔つきが厨房《ちゅうぼう》にいる女性と瓜二つだ。おそらく店主とその妻の娘なのだろう。

二十代に見えるが、ほかの仕事には就いていないのだろうか。それとも平日の朝と土日だけ働いているのか。ふと疑問を持ったが、それを聞くほど彼女に興味があるわけではなかった。

「ランチプレートを」

淡々と返すと、彼女はがっかりしたように視線を落とし、伝票に注文を書き取った。

「かしこまりました。お飲み物はいかがなさいますか？」

「紅茶で」

「はい、ランチプレート、お飲み物は紅茶ですね」

　仕事中に私語をするわけにもいかないのだろう。明司が話しかけてくれるのを待っているのはわかったが、それに応《こた》えてやる義理もなかった。

　すぐに膨れっ面《つら》をする紗絵にも、これくらい可愛げがあればいいのにとは思うものの、こんな風に彼女から言い寄られるところなど想像もつかない。

　ぱっちりとした大きな目で、睨《にら》むように上目遣いで見てくる紗絵を思い出し、明司は口元を緩ませた。紗絵は美人とは言いがたいが、笑った顔が可愛らしい女性だ。パンツスーツ姿は仕事ができる女性といった雰囲気なのに、喋《しゃべ》ると台無しなところもおもしろい。よく食べるわりには腰が細く、胸は意外とある。そんな目で見てしまっていることは絶対に言えないが。

（あと顔を真っ赤にして怒ってるところが、猿みたいに見えるんだよな）

　顔に出やすいため、明司を苦手としていることにはすぐ気づいた。だからよけいにからかいたくなってしまい、さらに嫌われるという悪循環。

　好きな子をからかうことでしか好意を向けられないなんて小学生か、と間抜けな自分にうんざりするものの、紗絵の表情の変化を見ていることが楽しくてやめられない。

　臆さずにぽんぽんと言い返してくるところが特におもしろかった。

「お待たせしました。カレーのランチプレートです。お飲み物は食事が終わった頃にお持ちします」

「ありがとう」

紗絵のことを考えていたからか、そうと気づかず女性店員に向かって笑いかけていたようで、彼女が見る見るうちに顔を真っ赤に染めた。

「あ、あのっ、この近くにお住まいなんですか？」

しまったと目を逸らすが、そんな明司の態度に気づかず、女性がチャンスとばかりに話を続けた。

明司は内心舌打ちをしたい気分で、視線をテーブルに落とした。

「えぇ、まぁ。近くのマンションに」

会話のきっかけを作ってしまったことにうんざりした気持ちになったが、こういうことは珍しくもない。明司がスプーンを手にすると、女性は空気を読んだのか一礼しその場を離れていった。

明司は胸を撫で下ろしつつ、食事を進める。

（隣に住むってことは……あいつが恋人と一緒にいるのを見る可能性もあるのか）

自分には膨れっ面《つら》しか見せないが、恋人の前にいる時は甘えた顔を見せるのだろうか。カレーの辛さの中に苦味が混じったような気がして、眉を寄せた。

（引っ越すか……いや、待てよ）

むしろ、隣にいるのだから、今までよりもずっと近づきやすくなるのではないか。

プライベートの誘いなどかけても断られるとわかりきっていたため、機が熟すのを待っていたが、それが今なのでは。

（結婚してるわけじゃないんだから、セーフだろ）

これから同棲するという部下と恋人の仲を壊すのは忍びないが、ようやく来たチャンスだとも考えられる。

もちろん彼女に無理強《じ》いをするつもりは毛頭ないし、振られたら諦めるくらいの分別はある。だが、なにもせずに諦めるつもりもなかった。

(こんなにも好きだと思ったのは、あいつだけなんだ)

明司は、紗絵と出会った時のことを思い出し、食事の手を止めた。


大学卒業後、父が社長を務める槌谷建設に入社したのは、前々から決まっていたことだった。

面接とも言わぬ面接を通り、おためごかしの親切をやり過ごしながら、槌谷建設に依頼される大型案件に携《たずさ》わる日々は、充実しているようでそうでもなかった。忙しくやりがいはあったが、いつもなにか違うと思っていた。

そんな時だった。父から、面接を担当する役員の一人が病欠だから人数合わせに来いと言われたのは。

面倒だったが、断る理由もなかったために従った。

新卒者の人事面接会場となる会議室では、自分を含め、横一列に並んだ役員たちの前で一人一人の面接が行われていた。

(全員同じに見える……)

ありきたりな自己アピールにうんざりしてきた頃、次の面接者の順番が来て、ひときわ高い声が会議室に響き渡る。

「本田紗絵です！　槌谷明司さんに憧れて、追いかけてここに来ました！　槌谷建設以外で働きたくありません！」

まさか大学生の口から自分の名前が飛び出すとは思わず、明司は手に持ったペンを落としそうになりながら彼女の顔を凝視する。

彼女は、緊張なのか興奮なのか頬を赤らめ、一生懸命自己アピールをしているものの、その内容のほとんどが建築家、槌谷明司の話で、担当する面接官も苦笑を漏らしていた。

自分をアピールしないで、いかに明司が建築家として優れているかを語ってどうすると皆が思い始めた時。

「いつか……槌谷明司さんの設計する家を見たいんです。国際コンペで最優秀賞を取った『ずっと住み続けられる家』は、まるで本当にそこに人が住んでいるみたいでした。そこに住む誰かを想像して造ったたってわかったんです。あんな風に誰かの心に触れる作品を手がけたいと思いました。槌谷さんの近くで働きたい。部下になりたいんです。御社が個人住宅の仕事を請け負っていないのは重々承知していますが、少しでも可能性があるなら、諦めたくないんです」

まさか、コンペに出した明司の作品を知っている学生がいるとは思わなかった。国際コンクールではあるものの、学生向けのコンペということもあり新聞に小さく載った程度なのに。

二十代で受賞した建築賞の話題は、関わる人の口に度々上《のぼ》ったが、まさか学生時代に制作した『ずっと住み続けられる家』について熱く語られるなんて夢にも思わなかった。

（あれについて褒《ほ》められるのは……くすぐったいというか、恥ずかしいというか）

隣に座る父が、なにやらニヤニヤ笑いを浮かべて彼女を見て、明司に視線を向ける。

明司は二人から目を逸らし、赤くなりそうな頬を手のひらで押さえた。

学生時代に制作した『ずっと住み続けられる家』は、自分が理想とする家族像を模型として形取ったものだ。

明司が物心ついた時には、両親の夫婦仲はすっかり冷え切っていた。

自分を育ててくれたのは住み込みの家政婦のチエだし、勉強を見てくれたのは家庭教師だ。父とはそれなりに話す機会はあったが、母とは顔を合わせることも少ない。

大学に入った頃には、互いをいない人として扱う両親にうんざりして家を出たものの、心の根底にある家族への憧れは人一倍強かった。

幸せそうな家族に憧れと妬《ねた》みはあっても、自分は世間一般から言えば非常に恵まれている。だから誰にも言えなかった。

あの作品は、そんなもやもやした気持ちを抱えていた自分が、もしなにか一つでも違っていれば、こんな未来もあったのではないかと考えながら作ったものだった。

気持ちを作品としたことで、自分自身が救われたような気がした。運良く最優秀賞という結果になり、気持ちに一区切りついた瞬間でもあったのだ。

(あの時……家を造る楽しさを知ったんだよな。まぁ模型なんだが)

槌谷家では叶えられなかったが、家族と自然と会話ができる家を造りたい。そこに住む人に笑顔をもたらしたい。

そんな思いが、あの頃から自分の心の奥底にあったのだと気づいた。

毎日の仕事に不満はないのに、どこか空虚な思いを抱えていた理由はこれだったのかと悟り、胸が熱くなった。

明司は噴きだしそうになる口元を押さえて、手元にあるメモ帳に〝本田紗絵〟と名前を書いた。

おそらく目の前の椅子に座る彼女は、自分が熱く語っている槌谷明司がこの場にいるなんて夢にも思っていないだろう。

インターネットで調べればいくらでも経歴は出てくるが、彼女が明司の顔を知らないであろうことは簡単に想像がついた。

（本田紗絵か。望み通り俺の部下にしてやるってこの場で言ったら、どんな顔をするかね）

その後、父に頼み、槌谷建設の子会社として槌谷住宅を発足《ほっそく》した。父が決めたメンバーの中に、入社したばかりの本田紗絵の名前を見つけた。なんだか父の手のひらで転がされている気がしないでもないが、断る理由はない。

上司として手取り足取り仕事を教えてきたのは、自分に道を示してくれたことへの感謝と、個人的に紗絵を気に入ったからだ。

最初こそ明司の顔に騙《だま》されかけてくれたのに、人間性を知っていくうちに彼女の目に落胆が見えて、それが非常におもしろかった。

槌谷明司という男をどこか神聖視しているようだったから、理想が崩れたのだろう。それでいいと思った。

その頃には、偶像ではなく一人の男として彼女に自分を見てもらいたいと望んでいたから。

（性格の悪い上司と思われてるのを知っていて、何年好きでいると思ってるんだ。簡単に手放せる程度の気持ちなら、こんなに焦《こ》がれてはいないだろう？）

自分自身にそう言い聞かせる。

略奪など自分の趣味ではない。

紗絵の幸せを壊したいとは思わないが、なにもしなければ始まりさえしない。黙って見守っているだけの時間はもう終わりだ。

（楽しみだな）

彼女をどうやって捕らえるか、考えるだけで気持ちが湧き立つ。もし紗絵がこの場にいたならば、自分の顔を見て一目散に逃げだしたことだろう。

明司は食事を終えると、会計のために席を立った。視線でアプローチしてくる女性店員には目もくれず、愛しい部下に思いを馳《は》せるのだった。

第三章

一日片付けに追われた日曜日が過ぎ、翌月曜日。

紗絵はいつもよりも三十分早く起き、身支度を調えた。

（ドアを開けた瞬間に社長の顔は見たくないし、うん、早く行こう）

明司がいつも会社に着く時間は、八時四十五分。始業十五分前だ。

このマンションから会社までは徒歩と電車を合わせて約四十五分。

本来は八時前に家を出れば十分に間に合うのだが、そうするとばったり明司と会ってしまう可能性が高い。少し早過ぎる気もするが、七時半に家を出た。

（気づかれませんように～！）

紗絵は、ゴミ袋を持ちながら足音を立てないように廊下を歩いた。

エレベーターホールを見回し、明司の姿がないことを確認する。エレベーターに飛び乗り、閉まるボタンを連打してほっと息を吐いた。

（混雑してる電車内で会うことはないだろうし、まだ時間もあるから、どこかでモーニングでも食べていこうかな）

駅に隣接する商業施設内には、フードコートやレストランが多数入っているものの、土日は混雑していて一人でまったりと過ごせるような場所はなさそうだった。

土曜日に駅までの道を探索し、朝から開いている喫茶店や、ランチに使えそうなレストランをいくつか見つけた。紗絵は手に持ったゴミを捨てて、その中の一つに向かって歩きだす。

（ここ、通りかかって気になってたんだよね）

駅に向かう途中にある五階建てビルの一階に、こぢんまりとした喫茶店が入っている。ビルの外階段の踊り場に設置されたポストは二つで、一つは喫茶店の名前、もう一つには名前が入っているため、二階より上を倉庫や住居として使用しているのかもしれない。ビルも喫茶店も、商業施設に比べると古めかしさが拭えない。木の枠のはめ込みガラスで造られたドアを押すと、カランとベルが鳴り響く。

(昔からある店は、絶対に美味《おい》しいって相場が決まってるんだから)

温かみのある木目調のタイル床や、同じ色合いのテーブルや椅子が目に入った。白い壁は経年劣化により多少薄汚れているが、掃除は行き届いているようだ。店内はそう広くなく、カウンターの奥には厨房《ちゅうぼう》があった。お腹が空《す》くようないい匂いが漂《ただよ》ってくる。

「いらっしゃいませ。お一人様ですか？」

「はい」

二十代くらいの女性店員に声をかけられて席に案内された。

二人席が二つと、四人席が四つ。あとはカウンターのある店内の席は、まばらに埋まっていた。カウンターの奥にいるのは四、五十代の男女だ。夫婦と娘で店を切り盛りしているのかもしれない。

紗絵はメニューを見て、ワンコインで食べられるモーニングを注文した。するとドアベルが鳴り響き、店内に客が入ってくる。なんともなしにそちらに目をやると、入ってきたばかりの男性客と目が合った。

(うそでしょ！)

一瞬、彼がにやりと笑ったような気がする。店員の案内を断り、こちらに向かってくるのはなぜか、目の前の椅子を引き堂々と座るのはなぜなのか。

「おはようございます」

「朝から鬱々《うつうつ》としたため息だな。飯がまずくなりそうだ」

誰のせいだと——その言葉をなんとか呑み込んで、紗絵は笑みを浮かべた。

（飯がまずくなりそうなら、ここに座らなければいいのでは……っ？）

額に青筋が浮かぶが、口には出さない。

朝から明司に会わないように早く家を出てきたというのに、まさかそれが裏目に出るとは思わなかった。雰囲気のいい店で気に入ったが、もうここにはこない。明日からは家で朝食をとろうと決める。

「モーニングを。飲み物はホットコーヒー」

「かしこまりました。あの……今日は、お一人じゃないんですね」

女性店員が明司に声をかけた。どうやら明司はこの店の常連らしい。ますます店選びを間違ったとしか言いようがない。

「ええ、まぁ」

明司は紗絵との関係を濁《にご》し、そう答える。女性は気になってたまらないのか、明司と紗絵を交互に見ては、なにかを言いかけて口を閉じた。

「社長は、こちらによくいらっしゃるんですか？」

彼女の気持ちを察した紗絵は、問題にならない程度に助け船を出す。

女性店員は紗絵が部下だと知って安心したのか、口元を緩めて伝票を手に厨房《ちゅうぼう》へ声をかけた。

「たまにな」

「へぇ、そうですか。相変わらずモテますね」

このようなことは珍しくない。

今までも仕事中、明司に同じような視線を向ける女性は数多くいた。当然、紗絵を相手にした時のような嫌味なんて言うはずもないから、実地調査に赴《おもむ》くだけで近隣の奥様方がわさわさと寄ってくるくらいだ。紗絵はそのたびに明司の本性を暴露したくなる。

「そうか？」

明司は飄々《ひょうひょう》と答える。気づいているくせにと睨《にら》んでも、軽く受け流された。

「別に、いいんですけど」

「へぇ、嫉妬でもしてるのかと思った」

「し、してるわけないじゃないですか！　変なこと言わないでくださいよ」

図星を突かれたわけでもないのに、頬が熱くなってくる。百戦錬磨の男にかかれば、ここ最近恋人のいない紗絵など赤子の手を捻《ひね》るより簡単に弄《もてあそ》ばれてしまいそうだ。

「お前になら、嫉妬されるのも悪くないと思ったのになぁ、残念」

真っ直ぐに見つめられ、人が違ったように微笑まれる。

怒られてばかりだからか、あまり明司の笑った顔を見た記憶がない。だが、こんな顔で見つめられたら、ドSで性格が最悪な上司であっても見蕩れてしまう。

明司の目を見ていられず、いつものように膨れっ面《つら》で目を逸らした。

「社長？　疲れてます？　なんか変ですよ」

「お前よりは元気だよ」

最近仕事が忙し過ぎるせいで、紗絵が別の女にでも見えているのだろうか。

(あ、わかった……さっきの人のアプローチが面倒だからって、私を恋人だと勘違いさせようとしてるのかも)

外見だけでもこれだけモテるのに、それを鼻にかける様子もなくむしろ迷惑そうにしているのは、女性からのアプローチに慣れているからに違いない。

咄嗟《とっさ》に紗絵を恋人に仕立て上げるところなんて、スマート過ぎて一瞬、おかしな勘違いをしてしまいそうだった。

(でも、誰にも靡《なび》かないよね。やっぱり本命がいるのかな？)

仕事での明司しか知らないが、恋人相手にはこんな風に優しい顔を見せるのかもしれない。女性の顔を見て、飯がまずくなるなどと本命相手には言わないだろう。

(なんか……ムカつく)

どうして紗絵がイライラしなければならないのか。恋人にするように優しくしてほしいなどと思っているわけでもないのに。

明司が厳しいのは紗絵が部下だからで、失敗ばかりするからだ。もっと仕事ができるようになればもしかしたら、と考えてしまい首を傾げる。

（それじゃあ、社長に恋人にするように接してほしいみたいじゃない。そりゃ、もうちょっと性格が良ければとは思うけど）

時折、建築家・槌谷明司への憧れと、普段のドS鬼上司への苛立ちがごちゃ混ぜになることがある。

「社長は……いつもこの時間に？」

なんだかよくわからない感情に襲われて、咄嗟《とっさ》に話を変えた。

「残念だったな？　せっかく、俺に会わないように朝早く出たのになぁ」

明司は声を潜《ひそ》めて顔を寄せてくる。二十センチは離れていたが、仕事中にはない距離感に、戸惑いと緊張、羞恥《しゅうち》が同時にやってくる。

「な、なんで知ってるんですか」

まさかそこからバレているとは思わず、驚いた。部屋を出てキョロキョロしていたところでも見られていたのだろうか。

「お前の行動なんてお見通しだ。何年上司やってると思ってる。一階のロビーでキョロキョロしてる姿は、完全に不審者だったぞ」

「まさか後ろからついてきて……っ？」

「そんなわけあるか。別のエレベーターに乗っていただけだ」

「そうですか」

「お待たせしました。モーニングプレートです」

話をしている間に、頼んだ料理が運ばれてくる。生野菜にハムエッグ、トーストしたパンが載せられたプレートに、かぼちゃのポタージュもセットになっていて、見栄えが良くて美味《おい》しそうだ。ちなみに半分に切られたパンはおかわり自由らしい。

「うわ～美味《おい》しそう！」

「ほら」

明司に手渡されたフォークをプレートに置き、両手を合わせる。

「ありがとうございます。いただきまーす」

なにやら、ふっと笑われたような気配がするがいちいち気にしない。トーストをおかわりしたいし、早めに家を出たとはいえ時間は三十分ほどしかないのだ。

バターの塗られたパンは、いつもコンビニで買っている食パンよりもずっと美味《おい》しい。紗絵は無言で食事を進めた。

「すみません、トーストのおかわりください！　あ、社長もいります？」

「あぁ」

「二つください」

紗絵がまとめて注文すると、いよいよ明司がこらえきれない様子で笑いだす。

「なんですか」

「いや、昼飯食ってる時も思ってたんだが、お前、よく食うよなぁ。しかも食うのがやたら速い」

自分のプレートと明司のプレートを比べて見ると、食べるスピードはほとんど大差ない。けれど紗絵はもともと早食いではなかったはずだ。どうしてかと考えると、仕事を始めてからだと思い至る。

「うちの会社が忙し過ぎるからだと思います」

「昼の休憩はきっちり一時間取れよ」

「私の仕事が遅いから取れないんです！　食べられない時もあるし！　わかってるくせに言わせないでくださいよ。へこむじゃないですか」

少しでも早く帰るために、一時間の休憩を三十分ほど繰り上げて仕事をしているが、それでも帰宅時間は遅かった。だが、自分以上に仕事を抱えている明司にそれを言うなんて、あまりに不甲斐なさ過ぎるだろう。

「以前より確実に速くなってるし、ミスも減ったと思うがな」

「そう……ですか？」

「あぁ」

明司がこんな風に紗絵を慰《なぐさ》めるような言葉をかけることは珍しい。「普段からそれくらい褒《ほ》めてくださいよ」と茶化せないくらい嬉しくて、緩みそうになる口元を引き締めた。

「それに、残業しないために昼食抜いても、集中できずにペースが落ちるだけだぞ。休憩時間はしっかり脳を休めろ」

けれど、しっかり小言を付け加えるのは忘れないらしい。

「わかってても、とんでもなくできる上司が近くにいると焦るんです」

紗絵は恥ずかしさを誤魔化すように平常心を装《よそお》い、唇を尖らせて言った。ただ、発した言葉は誤魔化しではなく本心だ。

明司からしたら紗絵など眼中にもないはずだ。ライバルなんて関係にもなれていない。勝手に勝負を挑んで負けた気になっているのは自分だけ。それでも、憧れてやまず彼の背中を追いかけ続けてしまう。

たとえ才能は適わなくとも、一日も早く一級建築士の資格を取って同程度の仕事ができるようになりたいと焦った結果、うっかりミスをやらかして怒られてばかりいるのだから笑えない。

「比べてどうする。俺とお前は、実績も経験も違うだろうが」

「でも、三歳しか離れてないじゃないですか」

明司が十も二十も上だったなら、これほどの焦りは感じなかっただろう。負けたと思ったところで悔しくもなかったはずだ。

数々の作品を生みだした偉大な建築家たちに対して、畏敬《いけい》の念を抱くことはあっても、腹立たしい感情に振り回されたりはしないように。

「年齢は関係ねぇよ。父親の仕事の関係で、俺には小さい頃からすでに土台があった。本田が初めて建築に触れたのは大学だろ？」

「そう、ですけど」

「賞なんて取るとな、周囲の期待がその分大きくなる。失敗は許されないし、忙しい体調が悪いなんて言い訳にもならない。どんな時も最高のクオリティを維持し続けなければならないんだ。だからいつだって必死でやってる。お前に、そう簡単に追いつかれてたまるかよ」

「かっこいい」

思っていたことがそのまま口から漏れて、そう言わずにいられなかった悔しさから唇を噛んだ。

先ほどの彼の顔もだが、立ち居振る舞いや言葉の一つ一つにも心が揺さぶられてしまうのはどうしてだろう。

どれだけ羨望《せんぼう》の眼差しを向けても、どれだけ手を伸ばしても、彼には届かないと思わされてきた。追いつきたいのに、ずっと自分の前を走っていてくれたら安心するだろうなとも思ってしまう。

紗絵の胸中はいろいろ複雑なのに、明司を見つめていると、さらに胸の奥がざわざわして落ち着かなくなってくる。

「当然だろ」

明司は自信ありげに唇の端をわずかに上げてそう言った。

見た目がいいなんて今さらだ。それなのに一瞬、彼の表情に胸を打たれて動揺してしまう。必死だと口では言いながらも、積み上げられてきた実績があるからこその余裕の表情。

明司がかっこいいなんて、ずっと前からわかっていた。けれど、自分は、自分だけは顔だけで騒ぐミーハーな人たちと同じになりたくなかったのに。

（ほんとやだ……ドS鬼上司なのに、うっかりときめいてどうするの）

憧れはあっても、明司をそういう目で見たことは一度もない。

ただでさえ遠い人なのに、恋愛感情まで抱いたら、ますます手が届かなくなるではないか。そう思って部下に徹していたのに、初めて彼の作品を見た時のような衝動に駆られて気持ちが揺れる。

(たぶん気のせい……仕事じゃないから、油断して見蕩れちゃっただけ)

おそらく職場に着いたら、またいつものようにチクチク嫌味を言われるに違いない。

そうすればこのおかしな感情も消えてなくなり、ムカつくドS鬼上司と思えるはずだ。

「お待たせしました。トーストのおかわりです」

明司との話が一段落したところに、女性店員がカゴに入ったトーストを手にやって来た。自分の胸に芽生えたわずかな熱を冷ますにはいいタイミングだった。

「ありがとうございます」

プレートの上に半分に切った焼きたてのトーストが載せられ、空気が変わったことに安堵する。

紗絵は黙々と食事を続け、明司もそれきりなにも話しかけてはこなかった。

食べ終わったタイミングで時計を見ると、店に入ってから二十五分が経過していた。もう出なければ遅刻してしまう。

「もう出られるか?」

「はい」

明司が伝票を持ち、席を立つ。紗絵はコートを腕に掛け、慌ててあとを追ったが、支払いは済まされたあとだった。

「すみません、自分の分は払います」

「部下には出させねぇよ。奢《おご》ってやるから、朝食の準備をする暇がない時にでもまた来い」

ぽんと軽く頭を撫でられて、店を出る。

なぜだろう。また一緒に朝食をと誘われて、いやな気分にならないのは。それどころか、またここに来てもいいかなと思ってしまっている。

(だから、だめだってば……これは)

明司に触れられて乱れた髪を直すように手で触れた。やたらと頬が熱いのも、撫でられて嬉しいと思うのも気のせいだ。

隣人と知った時も、朝、顔を合わせた時も、ストレスで胃が痛くなりそうだったのに、少し褒《ほ》められたくらいでちょろすぎるだろう。

紗絵は赤くなった顔を隠すように「ごちそうさまでした」と頭を下げた。

「一人のご飯が寂しかったら、また来てあげてもいいですけど」

顔を上げて、目を逸らしながら口を開いた。明司の前でいつもどんな態度を取っていたのか、わからなくなってしまった。茶化すことでしか普通に振る舞えないなんて可愛くないと思われやしないか。

(いやいや……それじゃあ可愛いと思われたいみたいじゃない)

自分と彼の距離は上司と部下がちょうどいい。こんな得体の知れない感情に振り回されるのは御免だ。

「なら、陰気なため息はつくなよ?」

「それは……すみません」

「ほら、行くぞ」

明司と肩を並べて駅までの道を歩いた。

不思議と、それもいやじゃなかった。


午前中には、クライアントとの打ち合わせが一件入っていた。

紗絵は、明司に散々こき下ろされた図面を修正し、印刷したものを手に応接室へ急ぐ。

「一階の応接室に二人分のお茶をお願いします」

「はーい」

同僚に来客用のお茶を頼み、ドアをノックした。

中から、女性の声で返事がある。

「前田《まえだ》さん、お待たせいたしました」

明司の設計を希望しているクライアント、前田聡子《さとこ》は六十代の女性だ。今、住んでいる家は彼女の両親が建てた家で築五十年を超えている。

夫は足が悪く階段の上り下りが困難だ。聡子は自身の年齢も考え、平屋での建て替えを希望していた。

足が悪いのなら、と初回時にこちらから出向くことを提案したが、外に出る機会があまりないからと断られてしまい、いつも応接室での打ち合わせとなっている。

「今日もよろしくお願いしますね」

聡子が頭を下げると、夫もそれに倣《なら》う。

この年代の夫婦にしては珍しく、前田夫妻は妻が主体となって話をする。だからなのか夫に高慢な雰囲気はまったくなかった。

夫は足を悪くしてからずっと専業主夫をしていたと聞いた。聡子の収入で生計を立てていたらしい。かといって聡子は偉ぶるでもなく、話を聞いていると夫への信頼が伝わってくる。

「こちらこそ、よろしくお願いいたします」

紗絵は腰を折り、前田夫妻の前に座った。

「槌谷もすぐに参りますので、こちらを見てお待ちいただけますか？　前回の打ち合わせでヒアリングさせていただいたので、いくつか図面をお持ちしたんです」

前田夫妻の希望は、平屋で段差のない明るい部屋。個室は二部屋あればいいそうだが、玄関前にスロープを設置できるように建物の形を考えなければならない。

図面を夫妻に見えるように並べたところで、応接室に明司が入ってきた。その後ろから同僚女性が二人分の飲み物を運んでくる。

「遅くなりまして、申し訳ございません」

「いいえ、本田さんとお話ししていたので大丈夫ですよ」

今日は、図面を見ながらさらにヒアリングを重ね、時間があればボリューム出しまでする予定なのだが、なかなか予定通りにいかないことも多い。

ボリューム出しとは、建物の輪郭をラフ決めすることだ。外観がイメージできると内部の細かい部分も決めやすくなる。法的に問題がないかを確認しながら、玄関や窓の位置、屋根の傾斜角度を決めていく作業だ。

「リビングの位置はどの図面も中央にしてあります。もちろん各部屋への動線に段差はありません」

「リビングが三十畳もあるよ。寝室も一部屋十五畳。だいぶ広いんだねぇ」

前田の夫が感心したように呟いた。

「そうですね。お孫さんがよく遊びにいらっしゃると伺いましたので、一部を和室とリビングで分けるパターンとリビングを広く取るパターンにしましたが、ほかにご希望があればおっしゃってください」

普段の高圧的な口調はどこにいったのかと思うほど、明司は穏やかな声で話す。

紗絵に対してもこれくらい優しかったならもっと印象は良かったはずだ、と考えながら頷いた。

「やっぱりリビングと寝室二部屋じゃ少ないかな。僕としては、部屋の明るさが気になるところだけど。聡子さんはどう思う？」

「そうねぇ、なるべく窓は大きく取りたいわね。それに、部屋がたくさんあっても使わないと思ってたけど、こっちの図面の和室がある方がいいかしら。あと、うちは物が多いから、収納は多くほしいわ」

夫妻は広げた図面を見ながら真剣な面持ちで話す。明司は手元にある手帳に聡子の希望を書き取っていた。

「あの、前田さんは二階建ての検討はされないんですか？　あ、平屋が希望とは伺っていますが……二階建てですと収納も増やせますし……」

紗絵が口に出すと、隣に座っている明司が「お前、なにを聞いていたんだ」という顔でこちらを睨《にら》んでくる。

思わずむっとして押し黙ると、肘で小突かれ「黙っていろ」と合図が送られた。

「そうね。今は元気だし健康にも問題はないのだけど、いつどうなるかわからないしね。それに、お父さんは二階に上がるのも難しいから」

「そ、そうですよね……」

紗絵がしゅんと肩を落とすと、「でも、検討してみるわね」と聡子から助け船を出されてしまった。

（お客様に気を遣わせるなんて……）

違うのに、と唇を噛みしめる。紗絵はなにも考えず二階建てを勧めたわけではなかった。でも、思いついたまま口に出したせいで上手《うま》く伝わらない。

（また、怒られるだろうな）

紗絵が意気消沈している間に、さくさくと明司のヒアリングは進んでいく。

ボリューム出しも無事に終わったところで、時刻は昼を回った。

「それでは、今日はこの辺で。次回までに新しい図面を用意しておきますね。本田」

「はい」

クライアントを出口まで見送るのは自分の仕事だ。紗絵は手早く資料を片付けて、前田夫妻を玄関まで見送った。

「本田さん、またね」

「ありがとうございました。また、次回の打ち合わせもよろしくお願いいたします」

デスクに戻ると、思いっきりしかめっ面《つら》をした明司と目が合った。

(うわ……怒ってる)

明司は、人差し指をくいと曲げて、顎《あご》をしゃくる。応接室に来いと言われているのだとわかり、ため息が漏れた。

紙の束を手にしている明司のあとに続いて、先ほどまで打ち合わせをしていた部屋に入った。ドアがぱたんと閉まった瞬間に明司の怒号が飛んできた。

「おい、さっきの提案はいったいなんだ？　前田さんのご主人の足が悪いのはわかっていただろう!?　二階建てを勧めてどうする!?　クライアントに呆れられるぞ」

「そんなことわかってますよ！　ただ、平屋ですとどうしてもコストがかさみますし、お孫さんが遊びに来るなら、お孫さんご一家が泊まるための部屋があった方がいいんじゃないかって思ったんです！」

肩で息をしながら負けじと答えると、明司はぴくりと眉を動かし、さらに深くため息をついた。

(……朝、変な気分になったのは、やっぱり気のせいだ)

仕事は平常通り。明司に怒られて安心するなんておかしいけれど、吊り上がった眉に細められた目、こんな顔を見て胸をときめかせるはずもない。

「お孫さんが住んでいるのは前田さんの家から徒歩十分。学校が終わってから遊びに来ることはあっても、泊まりに来ることはまったくないそうだ。だから部屋数はそんなにいらないとおっしゃったんだ」

明司は額に青筋を浮かべたまま、淡々と口を開いた。

「そう……だったんですか……そこまでは、知りませんでした。すみません」

孫がよく遊びに来ると聞いていたから、てっきり泊まりに来るのだとばかり思っていた。結局、紗絵の提案は前田夫妻を混乱させるだけのものだったようだ。六年も彼の近くで働いているのに、どうして自分はこんなにも考えなしなのだろう。紗絵は唇を噛みしめ、視線を床に落とした。

「お前はどうして二階があった方がいいと思ったんだ？　ほかにも理由があるなら言ってみろ」

怒気を孕《はら》んでいた明司の声がふいに柔らかくなった。

紗絵ははっと顔を上げて、彼を見つめる。

上司として尊敬するところはこういう時だ。

クライアントの前では黙っていろと言われたが、明司は紗絵の提案を頭から却下するようなことはしない。提案した理由を聞いた上で適切な回答をくれる。

(私って、急に思い立って口に出すからだめなんだよね……今回のことだって、前もって確認できたはずだし)

紗絵は、自らの反省点を顧《かえり》みながら、夫妻に二階建てを提案した理由を説明した。

「それは……周りには二階建ての一軒家が多いですし、洗濯物なんかは二階に干した方が日当たりもいいと思ったんです。いつどうなるかわからないし、なんて前田さんはおっしゃっていましたけど、六十代ならあと三十年以上暮らす可能性だってありますよね？　その時、娘さんやお孫さんたちと暮らしている可能性もあるんじゃないかって思ったんです。徒歩十分ならその可能性は低いかもしれませんけど」

紗絵が言い終わると、明司が一つ頷いた。

「そうだな。俺も二世帯になる可能性は考えた。だから娘さん夫婦が住んでいる場所を確認したんだ。だが、そっちの家も、二世帯になっても十分過ぎるくらい広かった」

「そうでしたか……出過ぎた真似をしました。すみません」

紗絵が謝ると、明司の雰囲気がふっと柔らかくなる。

「百坪の土地なら、平屋でも十分日当たりのいい家を建てられる。それこそ建築士の腕の見せどころだろう」

こんな風に部下の意見にも耳を貸してくれるから、ドS鬼上司だと思うのに尊敬してしまう。

それに、話を聞いた上で紗絵が納得するように一つずつ説明してくれるから、この人が上司で良かったと思うのだ。

「敷地調査で日当たりや抜けのある方向は確認しただろう？」

「しましたけど」

「前田さんが平屋を希望している限り、こちらから無理に二階建てを勧めることはできない。日当たりに関しては、こういう外観イメージにすればクリアできると思う」

明司はテーブルに紙を広げて、さらさらと鉛筆を滑らせていく。早く、的確で、完璧なスケッチを見て、紗絵の全身に鳥肌が立った。

(うわ……なにこれ、すごい)

ほら、と会議室のテーブルに広げられた外観イメージのラフ画は、窓を大きく取ったシンプルでいてデザイン性の高い建物になっていた。

リビング側には四枚の窓がはめ込まれていて、その上にも同じ形の窓が四枚並んでいる。外から見ると二階建てにしか見えない。ボリューム出しで聞いた、前田夫妻の望む外観イメージにもぴったりだ。

(やっぱり……かっこいいって思っちゃう)

真剣な表情、テーブルに落ちた視線、鉛筆を滑らせていく手も、すべてが魅力的で、その才能にも圧倒されてしまう。

「……たしかに、これなら採光も問題なく取れますね」

紗絵は悔しさと尊敬の入り混じった複雑な感情を押し隠し、口を開いた。

「あぁ」

「でもこれって二階建てでは？」

「二階の窓ははめ殺し。上方から光を取り入れる吹き抜けにすれば部屋は明るく広く見える。周辺は若い夫婦が暮らす家だ。この先、三、四十年、建て替えはないと見ていい。採光が遮《さえぎ》られることはないだろう」

「そう、ですね」

「それに……お孫さんと一緒に暮らすかもしれないという話な。前田さんの娘さんとそのご主人が、将来的に両親と同居可能なように家を建てたと言っていた」

紗絵も敷地調査には同行した。

その際に娘夫婦とも話したはずだが、将来的に同居する可能性があるなんて話は出なかった。疑問が顔に出ていたのか、明司が話を続けた。

「俺も二世帯になる可能性は考えたと言っただろう？　何度か調査に赴《おもむ》いたんだよ。その時たまたま娘さん夫婦の家を見る機会があったんだ」

「え、ずるい」

「ずるいってお前な。休みの日にだぞ」

「もう……そういうところがかっこいいから、悔しいんですけど」

鬼上司のくせに、と悔し紛れに心の中だけで付け加えた。紗絵がふてくされているのが伝わったのか苦笑が返される。

「お前の考える方向性は間違ってない。ただな」

ようやく説教は終わりかと気を抜いていると、顎《あご》を掴まれ頬をむにゅりと掴まれる。

「ひゃ、ひゃい？」

「クライアントの要望以上の住宅を作りたいと意気込む気持ちはわかるし、俺も同じ思いはある。

だが、押しつけになってはいけない。あと、クライアントに気を遣わせるなんて愚《おろ》かの極みだ。あれやこれやと提案する前に、過去の事例を一つでも多く収集しておけと、俺は言ったはずだよな？」

痛くはないのだが、頬を掴まれてむにむにと押しつぶされると、口を開こうとしても開けない。

明司はひとしきり頬を揉みしだき気が済んだのか、手を離す。

「両手を出せ。手のひらを上に向けて」

「はい？」

明司は、応接室のテーブルに置かれていた紙の束を掴むと、にっこりと柔和な微笑みを浮かべながら紗絵の手の上にどんっと置いた。

「お、重い……」

これからなにを言われるのかを察し、ずっしりとした紙の重みも合わさり、心がくじけそうになる。

「これらを参考にして、動線を意識した図面をいくつか引いてみろ。その中から最良だと思う図面を、来週の打ち合わせに間に合うように作ること」

「わかりました」

「あと、このラフ画を外観のＣＧモデルに落とし込め」

「……」

「返事は？」

「はい」

また今日も残業が決定した。

けれど、目の前の明司の考えた外観イメージのラフ画に胸を熱くしながら、やはり紗絵は、この人の造る家が好きなのだと改めて思い知る。

前田夫妻の家がどんな風になるのかを考えると、楽しみでならなかった。

ドSな性格にはうんざりしているのに、憧れも尊敬もちっとも消えてなくならないのは、彼の才能に心底惚れてしまっているからなのだった。


その日は午後にも、新規の打ち合わせが一件入っていた。

昼食を三十分で食べ終えて、ばたばたと打ち合わせの準備を始める。脳を休めろと言われたが、次から次へと仕事があるのだからそんな暇はない。

(今日はヒアリングだけになるかな。この人、うちで決定ってわけじゃなさそうだし)

電話で聞いた名前は田中響子《たなかきょうこ》とある。予算やデザインを含め、とりあえず話を聞いてみたいという電話だったらしい。

具体的な話はなにもなく、ただ話が聞きたいのなら、他社と比較しているタイミングなのかもしれない。そういう客も少なくないため、明司が手がけた過去の事例集を見せながらヒアリングを行うことになっている。

ヒアリングだけならば明司の手を煩《わずら》わせることもない。紗絵一人で十分だ。

紗絵が準備をしていると、来客だと受付から内線があった。応接室にと返事をして、タブレットとファイルを手に立ち上がる。

「お客様とのヒアリングに行ってきます」

隣の同僚に声をかけて、一階の応接室に向かった。

一時間半を予定しているが、それでも十五時を過ぎる。

紗絵はタブレットに表示されたデジタル時計を見て、タスク管理を考えてため息を漏らす。

明司に与えられた仕事はまだ手つかずだ。いったい今夜は何時に帰れるだろう。

（いつものことか……お客様の家のためだし！）

紗絵は気持ちを切り替え、胸ポケットに名刺ケースが入っていることを確認した。

「失礼します」

応接室のドアをノックし、声をかけてから中へ入る。

「お待たせいたしました。わたくし、設計部の本田と申します」

一礼し、胸ポケットから取り出した名刺を差しだした。顔を上げて、女性の顔を見た瞬間、ふと既視感を覚えて首を傾げる。

（ん？　なんだろう？　どこかで会ったことがあるような。気のせい？）

仕事柄、あちこちを巡《めぐ》り人と話すことも多い。けれど、田中響子という名前に聞き覚えはなかった。

「ご丁寧に……どうも」

田中と名乗った女性は座ったまま名刺を受け取り、軽く頭を下げた。

彼女はやはり声の印象の通り若かった。二十代半ばくらいだろうか。

同世代の客も珍しくはないが、彼女のように一人で設計事務所を訪れる人はあまりいない。

(社会人って感じがあんまりしないなぁ……)

紺色のきっちりとしたスーツに身を包んでいるものの、ちぐはぐな感じに見える。そう思ってしまったのは、スーツを着慣れている感じがしなかったからだろう。

化粧がやたらと濃いから、よけいにアンバランスに見えた。

なんだか変装するために無理をして派手な化粧をしているようだ。言い方は悪いが、建築家に家の設計を頼むために来た客ではない、というのが第一印象だった。

(なにか事情があるのかもしれないしね。お客様はお客様)

紗絵は気持ちを切り替えて、田中の向かい側に腰かけた。

「弊社をご検討いただいているとのこと、まずはお礼を申し上げます。早速ですが、お名前、ご住所などをこちらにお願いできますでしょうか?」

紗絵が手元にあるタブレットを手渡し、顧客情報の入力を頼んだ。

年代によっては紙に書いてもらうこともあるが、若い層には直接タブレットを手渡す方が早い。

「えぇ」

女性は紗絵からタブレットを受け取り、視線を走らせた。

覚束《おぼつか》ない手つきで氏名を入力する。郵便番号のところで迷う素振りをしていたが、思い出せない人もいるだろう。

「もし郵便番号がわからなければ空欄のままで大丈夫ですよ。こちらでお調べしますから」

「……わかりました」

なんとなく歯切れの悪い印象だ。

女性は住所を入力することなく手を止めた。

「どうかなさいましたか？」

「まだここに頼むとは決めてないの……だから、個人情報を渡すのはちょっとと思って」

「承知いたしました。設計を弊社に決定していただけましたら、改めて記入をお願い申し上げますので、本日は可能な範囲で大丈夫です」

個人情報がなんやかんやと、氏名住所を書き渋る人はそれなりにいた。いろいろな会社と比較検討したいが、執拗《しつよう》な勧誘を迷惑に思う顧客の気持ちもわかる。

「これでいい？」

「拝見します」

田中は住所や連絡先だけでなく、年収や家族構成といった欄もすべて空《あ》けたままにタブレットを返してきた。

これは口頭で話を聞きだした方がいいと判断し、とりあえず事例集はテーブルの端に置いておく。

「いくつか伺わせていただきますが、今のお住まいは戸建て、マンションどちらになりますか？」

「マンションよ。どうしてそんなことを聞くの？」

田中が訝《いぶか》しげに眉を顰《ひそ》めた。こちらの質問に答えたくないという感情が垣間見える。

（どうしてって……この人、なにしに来たの？）

注文住宅の購入やリフォームを検討している場合、あらかじめ住宅展示場などを見に行ったり、インターネットで調べてきたりする客がほとんどだ。

槌谷建設は業界最大手であるものの、槌谷住宅は設計事務所であり全国の住宅展示場に展開もしておらず、一般に広く知られているわけではない。今のところはテレビのリフォーム番組や雑誌による効果、つまり槌谷明司の知名度と顔だけで顧客が集まっているのだ。

（たいていは、社長が手がけた物件の話をしてくる人が多いのに）

冷やかし客だとしても、ここに来る以上、槌谷明司の名前を知らないはずはない。だが、田中の受け身過ぎる態度が気に懸かる。

明司に設計を依頼するクライアントは、あれやこれやと自身の要望を伝えてくる人がほとんどだ。明司が設計した美術館の斬新なデザインを褒《ほ》めちぎり、ほかにはないデザインと設計でと依頼されることも多い。今の住居の不満に始まり、いろいろと要望が出てくるのが普通だ。

せっかく有名な建築士に住宅を手がけてもらうのだから、と考えるのだろう。その気持ちはわかるし、話を聞き、クライアントがなにを欲しているのかを考えるのも紗絵の仕事の一つだ。とはいえ、クライアントの要望をすべて取り入れて住み心地の悪い住宅にするわけにはいかず、ヒアリングにはかなり気を遣う。田中のように初っぱなから口を重くするクライアントは珍しい。

（もしかして……建築家としての社長を知らない、とか？）

お前は顔に出過ぎる、と明司にいつも言われているため、紗絵はなんとか不信感を吞み込んで取り繕《つくろ》った笑みを浮かべた。

「弊社に設計をご依頼いただいた場合、希望の間取りや広さを伺い、それに合った土地探しを始めます。もともと戸建てにお住まいでしたらすでに土地がありますから、そこに建てられる家の広さは決まっておりますし、当然ご予算も変わってくるんです」

「そうなの。土地は一応、あるんだけど」

田中はそう言って言葉を濁《にご》した。詳しいことは答えたくないようだ。

「もしまだそこまでのことは考えておられないようでしたら、まずは事例集をご覧になりながらイメージを膨らませていくのはいかがでしょうか？」

「そうね……そうしようかしら」

「かしこまりました」

紗絵はファイルを開き、田中に見えるようにテーブルの中央に置いた。

「ちなみに広さはどれくらいをご希望ですか？　場所によりけりですが、都内ですと十五坪の土地に３ＬＤＫという例も珍しくありません」

「恋人と二人で住むなら、そんなに広さはいらないわよね。でも、もし彼と結婚できたら子どもだってできるかもしれないし……」

田中は一人の世界に入ってしまったのか、事例集を見ながらなにやら呟いていた。

恋人と二人暮らし、つまりこれから同棲か結婚をするということだろう。

（そのわりには話し方が変だけど……結婚できたら、なんて、後ろ向きというかなんていうか）

紗絵は疑問を顔に出さないように努めながら、やんわりと話を誘導していく。

「ご結婚のご予定があるのですね。おめでとうございます」

「そんなことより、ねぇ、槌谷明司さんはここで働いているのよね？　この間、リフォーム番組かなんかで槌谷さんを観たんだけど。今日は会えないの？」

明司の名前を出した彼女の目がぎらりと光った気がした。家の話よりもこちらが本題なのだと言わんばかりに。

(あ～そっちのお客様か……家の話が出ないのも納得)

内心で深いため息をつき、腕時計を見てしまいそうになるのをぐっとこらえる。なにかがおかしいと思っていたが、彼女は明司目当ての冷やかし客だったようだ。

「おっしゃる通り槌谷は弊社の代表取締役社長でございます。弊社に設計をご依頼いただけるようでしたら、当然、設計を担当する槌谷も打ち合わせに参加しますので、その際は直接希望を伝えていただくことは可能ですよ」

「槌谷さんに会わせてくれるなら、ここに決めてもいいんだけど」

「申し訳ありません。別件で打ち合わせ中でして。ヒアリングは私が担当することになっております」

「なら、あとで電話をするから携帯の番号を教えてもらえない？　どうしても、直接話が聞きたいのよ」

田中はテーブルに腕を突き、前のめりになりながら言った。まさか、明司の個人的な番号を教えろと言われるとは思っておらず、ため息を呑み込むのに必死だ。

「ご用の際は、弊社の代表番号にご連絡いただければ幸いです」

この時点で紗絵は、田中が槌谷住宅の客になり得ないと判断した。

彼女はおそらく明司に会いたいだけのファンだろう。

今までも田中のような客はいた。テレビで観た明司の外見に惚れ込んで、わざわざアポイントを取って槌谷住宅を訪れる客が。そのため、明司に会いたいだけのミーハーな客を推断《すいだん》するのも紗絵の仕事となったのである。

(テレビで顔出しなんてしなくていいのに。こうやって社長の個人情報を聞きだそうとする客が来て厄介なんだから。も～どうやって話を終わらせようかな)

田中が住所も連絡先も入力しなかった時点で怪しいとは思っていたが、もしかしたら名前も偽名かもしれない。冷やかしなら帰ってくれと言えるわけもなく、長くなりそうな気配に辟易《へきえき》した。

「槌谷さんって、身長が高いのよね。それに足も長いし、私、スーツを着てる男性をかっこいいと思ったの初めてだったの」

「はぁ」

「加えてあの顔！　黙ってると怖そうなのに、笑ってると可愛くて」

「えぇと、槌谷が過去に手がけた建築物などは……」

紗絵はどうにか話を本筋に戻そうとするが、田中はまるで話を聞いていなかった。明司の見た目の良さについて、ぺらぺらと喋《しゃべ》り続ける。

「そんなの興味ないわ。私、あの人の名前も知らなかったから、テレビで観た時は運命だって思っちゃった！」

「そうですか」

「あの目がね、私と似てるって思ったの。簡単に女性に靡《なび》かないっていうか、女性にまるで興味ないって感じだけど、目の奥は情熱的で、私を必死に捜してくれてるんだって。きっと、本当は私に声をかけたいのに、敢えて冷たくしてるのよ……だから、私から歩み寄るのも大切かなって」

田中はうっとりと目を細めて、組んだ両手の上に顎《あご》をのせた。目の前にいる紗絵などすでに視界に入っていない。

最初こそ、来社目的を隠そうとしていた田中だったが、開き直ったかのように饒舌《じょうぜつ》だ。

「あの、どこかで社長と話をしたんですか？」

「いいえ、そうじゃないけど。わかるの。だって私に向かって笑いかけてくれたもの！」

「そうですか……」

(なにこの人、怖っ！)

妄想力が激しいのか、話したこともない明司が、まるで自分の運命の相手であるような言い様に恐怖を覚える。

(たしかに女性に興味なさそうに見えるけど……けっこう隠れて遊んでると思いますよ？　なんて言ったら怒るだろうな)

プライベートの明司には興味がないし、彼の女性遍歴を聞いたこともないが、今まで恋人が一人もいなかったなんてまずあり得ない。上手《うま》く遊んでいそうだ、という紗絵の印象はそう間違っていないはずである。

(そもそも目が情熱的とか意味不明だけど、社長がすごいのは顔だけじゃないのに)

彼女は建築家、槌谷明司を知らないだけだ。それはわかっているけれど、田中の話を聞いているうちに、紗絵の胸の奥にもやもやしたものが溜まっていく。

(私が怒ったって、社長は喜ばないし……むしろ問題を起こすなって怒られる)

ただ、なんだか自分が大切にしているなにかをけなされたような、そんな不快な感情に襲われた。イライラして叫びたくなる自分を律するのに必死で、最後の方はほとんど田中の話を聞き流していた。

ようやく田中が帰ったのは、予定時間を大幅に過ぎた十六時半。

紗絵はビルの入り口まで田中を見送り、がっくりと肩を落とした。

(話が通じない客ってほんと厄介!)

やれ、明司と直接話したいから呼んでこいだの、忙しいなら電話でもいいから連絡先を教えろだの。結局彼女は、建築家としての彼のことをなに一つ知らなかった。明司が建築家として携《たずさ》わった美術館の名前すら。

(好きだって言うなら、社長が設計した建物くらい見てからこいっつーの!)

ただ顔がいいだけではない。建築家としての顔だって明司の一面なのに。紗絵にとっては、むしろそっちの方がずっとかっこいいと思えるところなのに。

ここ最近、紗絵が担当していた客のほとんどが明司の設計やデザインに惚れ込んだ人ばかりだったからか、まるで建築家としての彼に価値がないと言われたようで腹立たしくてならない。

（も～イライラする……っ）

去っていく田中の背中から視線を逸らし、腹立ち紛れに出入り口のドアをばんっと閉める。思いのほか大きな音がして、同僚たちの視線が一斉にこちらを向いた。

「うわ、ごめんなさいっ、うるさくして」

慌てて謝ると、ちょうど打ち合わせを終えた明司が紗絵の前にやって来た。

「機嫌が悪いな。疲れてるなら少し休憩しとけ」

自分用に買ったものだろう冷たい缶コーヒーを手渡されて、ますます情けなくなる。

「ありがとうございます。でも……疲れてるわけじゃないので」

「ならどうした？　あぁ、さっきの打ち合わせか。ちょうど良かった。報告を聞くから社長室に来い」

「はい」

ヒアリングの結果を報告しようと思っていたところだ。もちろん、社長をバカにされたようで悔しかった、などと個人的な感想を言うわけにはいかないが、客観的に判断しても田中は客にはなり得ないと断言できる。

紗絵は、明司のあとをついて社長室に入り、後ろ手にドアを閉めた。社長室は重要な契約の際などに使用しており、整然と片付けられている。

明司が設計をするデスクは、ほかの従業員との並びにあるのだが、問題のあるクライアントについての話は、万が一にもほかの客に聞かれないよう社長室で話すことが多かった。

「ずいぶん時間がかかっていたようだが、クレームか？」

明司はデスクの前に置いてあるソファーに腰かけながら口を開いた。

紗絵は明司の前にちょこんと座り、首を横に振る。

「いえ、違います。あの方は社長目当てでした」

ふん、と鼻を鳴らしながら言うと、明司は納得したように息を吐いた。テレビ効果で本人見たさに槌谷住宅を訪れる客が一定数いるのを明司も知っているのだ。

「あ～悪かったな。でも珍しくないだろうに、どうしてそんなに怒ってる？」

「わかりません……なんか、社長が顔だけみたいな言い方をされて、ムカついたのかも」

「なんでお前が怒るんだよ」

明司はくすくすと笑い声を立てながらも、機嫌は悪くなさそうだ。むしろ喜んでいるように見える。紗絵はますますふてくされた面持ちで明司を睨《にら》んだ。

「だって！　さっきの人、社長が設計した家を見たことないって言うし、賞を取ったことも知らないし、設計とかどうでもいいとか、美術館なんて興味ないとか言うし！」

悔しくて、悲しくて、気づいたら涙が溢《あふ》れていた。どうしてこんなことで泣いているのか自分でもわからなかった。

ただ、自分が憧れている人を、尊敬する人を、バカにされたような気がしたのだ。

すごい人なのに、顔だけじゃないのに、建築家としての彼をどうしてわかってくれないのかと悔しかった。

「わかったわかった、だから泣くな。悔しくても、我慢してくれたんだろ？」

「我慢するに決まってるじゃないですか……っ！　お客様の前で、顔になんて出しませんよ！」

思い出すだけで悔しくて、目の奥の痛みが増すばかりだ。肩で息をしながら頬を拭うと、またじわりと涙が滲《にじ》んでくる。

気づくと明司が隣に座っていて、頭をぐいっと引き寄せられた。ワイシャツに顔が埋《うず》まり、初めて嗅ぐ彼の匂いに包まれた途端、もっと近づきたくなる。

腕を伸ばして、明司の背中に回そうとしたところで、はたと気づく。

（あれ？　おかしくない？）

部下を慰《なぐさ》めるのに、この体勢は変だ。悔しさから泣いてしまったのは自分だが、なにも抱き締める必要はない。しかもどうして自分は抱き返そうとしているのか。

それに、紗絵の行動もおかしいが、明司もいつもとはどこか違う気がする。

いつもなら「感情を出し過ぎるな」と小言の一つや二つ飛んでくるところなのに、どうして今日に限って怒らないのだろう。

（これは、だめでしょ……また変な気持ちに……）

上司としてではなく、明司を男性と意識してしまいそうな予感がして、紗絵は慌てふためく。

「しゃ、社長……あの」

「お前……ほんっと俺のことが好きだよな」

紗絵の言葉を遮《さえぎ》り、呆れたような、それでいて甘ったるい声音が耳を掠めた。

その瞬間、頭の奥が焼き切れたかと思うほどの恥ずかしさに襲われて、いてもたってもいられなくなる。うるさいくらいに心臓の音が鳴り、全身から汗が噴きだした。

「す、好きじゃないです！　好きなわけないです！」

紗絵は顔を真っ赤にして、腕を突っ張った。ここで流されてはだめだと理性を総動員して抗《あらが》うも、得意気な明司の顔を見るとなぜか目が離せない。愛おしさを含んだような目で見つめられて、息ができなくなる。

(なんでそんな目で見るの。好きになんて、ならない、なっちゃいけないでしょ……っ！)

隣人になってから、自分と明司の関係が変わってきていると感じる。いつもなら、部下をからかう性格の悪い上司だと思うはずなのに。

ぐるぐると答えの出ない疑問を考え続けているうちに、ゆっくりと身体が離される。恐る恐る明司を見ると、真っ直ぐこちらを見る彼の目から、おかしな熱は消えていた。

「そういうことにしておいてやる。今日は早く帰ってゆっくりしろ。疲れてる時に残業してもミスが増えるだけだ」

淡々とした口調でも、それが紗絵を心配してのものだとわかる。

紗絵は先ほどまでの理解できない感情について考えるのを放棄した。激しい鼓動は治まりを見せなかったが、身体が触れ合っていなければ落ち着けるようだ。

「いいんですか？」

「別に飲み歩いてもいいが、うっかり明日に残るような真似はするなよ？」

いつもと変わらないやりとりに、やはりさっきのは気のせいだと胸を撫で下ろした。

「そんなことしませんよ。ここから家まで歩いて帰るだけです」

「は？　俺は早く帰ってゆっくりしろと言ったんだ。ここからマンションまで歩いたら二時間近くかかるだろ。結局、いつもの時間と変わらなくなるよな？」

「えぇ～、だって社長が言ったんじゃないですか。常日頃から建物を建築物として見ろって！　こういう時じゃないとなかなか時間が取れないし」

「どうせ夜じゃ暗くてちゃんと見られないだろ。それに女一人じゃ危ない。お前、一緒に暮らしてる奴いるんだよな。そいつは付き合ってくれないのか？」

「一緒に暮らしてる奴って……あぁ」

今は出張でいないが、たしかに兄なら付き合ってくれるだろう。

けれど見返りを求められるのはたしかだ。雑用や買い物などでいいように使われるのが想像できるため、一人でぶらぶらした方が気楽である。

「ほとんど仕事で家にいないんですよね～。頼めば付き合ってくれるかもしれませんけど。あ、今度休みの日にでも車出してもらおうかな。そうしたら遠出もできるし」

紗絵も免許は持っているし運転もできるのだが、残念ながら車を持っていなかった。兄の車を無断で借りるわけにもいかず、近隣の県へ出る時も公共交通機関を利用している。

「それなら俺が車を出してやるよ」

「いえいえいえっ、けっこうです！」

たしかに明司が一緒なら、建築家目線の話を聞ける。それは非常に興味を引かれるが、プライベートで明司と会っていると、またおかしな気持ちになってしまいそうで怖かった。

「休日まで俺の顔なんて見たくないって顔してるな？」

意地悪そうな顔で微笑まれて、紗絵は首をぶんぶんと勢いよく横に振った。

「そんなことないです！　休日まで社長のイケメンっぷりを拝めるなんて最高だと思ってますよ！」

大袈裟《おおげさ》なほど持ち上げて言うと、明司の笑みがさらに深まり、肌に鳥肌が立つ。

(褒《ほ》めたのに、なんで？)

なぜか檻《おり》に入れられたウサギのような気分になり、鳥肌の立つ腕を摩《さす》った。明司が獲物を狙うハンターのような眼差しでこちらを見ているからだろうか。

「なら決まりだな。土曜日、デートしよう」

「は？」

どうしてこんなことになったのだろう。わけがわからないまま、気づいたら自分と明司のデートが決まっていたのだった。

第四章

その週の土曜。

結局、明司に押し切られる形で出かけることになってしまった紗絵は、のろのろと支度を終えてマンションの地下駐車場に下りた。

あのあと、何度もあれは冗談ですよね、と断ろうと思ったのだ。けれどそのたびに、なにやら恐ろしい笑みを向けられて、結局言い出せなかった。

しかもデートなんてからかわれたせいで、なにを着ていけばいいのか迷う羽目にもなってしまった。結局いつもと同じパンツスーツに袖《そで》を通し、気分は完全に仕事である。

仕事だと思っていないと、デートという言葉を意識してしまいそうだったのだ。冗談を本気にして痛い目を見るのは御免だ。

隣人となってから、明司の存在が自分の中で確実に大きくなっている。平日の朝も、仕事から帰ってからも、さらに休日までも、常に彼のことばかり考えているなんて。そんなの、まるで恋をしているみたいじゃないか。

（違う。恋じゃない。建築家として憧れてるだけだって。もうっ、それもこれも、社長が変なことばっかり言うから）

抱き締められた時、好きにならないと考えながらも、呆気なく上司と部下のラインを越えてしまいそうになった。

(好きになったところで、叶うはずもないのに)

そう、不可思議なこの想いが恋愛感情だったとしても、結果は目に見えている。

紗絵はほかの住人の邪魔にならないように、エレベーターホールの端に立って明司を待っていた。

何気なくエレベーターの階数表示が動くのを眺めていると、続けて地下に到着したエレベーターから明司が降りてくる。

明司はいつものスーツ姿ではなく、長袖《そで》のシャツにパンツスタイルだった。

「おはようございます」

「あぁ、おはよう」

「どうして駐車場で待ち合わせだったんですか?」

デート云々《うんぬん》は置いておくにしても、隣に住んでいるのだから家を出る時にチャイムでも鳴らしてくれればいいのでは、と思うのだが。

もしかしたら、近所の住民に紗絵と一緒にいるところを見られて、噂になりたくなかったのだろうか。明司は目立つし噂好きの住人はいくらでもいる。上司と部下という関係上、誤解されるような行動は控えたのかもしれない。

(私と一緒にいるところを見られたくないって……なんかもやもやするんだけど)

そんなことでイライラする自分がおかしい。プライベートと仕事の境目が曖昧《あいまい》になっているのか、彼にとって特別な存在になったような気になってしまう。

「一緒に住んでる奴と鉢合わせたら気まずいだろ？」

兄と鉢合わせたらどうして気まずいのだろう、と首を傾げるが、明司からの答えは返ってこなかった。

（あ～つまり、近所じゃなくて、私の身内に恋人だと勘違いされるのを避けたってこと？）

そう思い至ると、なにやらさらにおもしろくない感情が湧き上がる。デートなどと言ったくせに、これではまるで密会のようではないか。

「ところでその格好、今日は仕事じゃないんだぞ？　疲れないか？」

「え？」

仕事じゃなければなんなのだろう。まさか本気でデートだと言うつもりですか、そう口に出そうとして思い留まった。

からかっているだけだとしても、万が一デートだと肯定されても困る。

これは仕事だと自分自身に言い聞かせて、必死にラインを越えないようにしているのに。

「大丈夫です……あの、今日はどこに行くんですか？」

紗絵は、歩きだす明司の横に並んだ。

「いつも個人住宅ばかり見て歩いてるんだろ？　外観イメージも大事だが、たまには住宅以外も見た方がいい。中に入れるところに行こう」

「中に入れる？」

紗絵は、土日や平日の仕事終わりにぶらぶらと街を歩き、気になった住宅の外観を覚えてスケッチしている。

本当は写真を撮りたいが、個人の住宅にカメラを向けていたら不審者として通報されかねないし、中を見せてくださいとはとても言えない。

「ほら乗れよ」

明司の車は五人乗りのＳＵＶで、重厚感のある外装が人気の国産の高級車だった。

機能性も高く静かで乗り心地がいいと聞く車種を選ぶところが、建築家としての彼に通ずるところがあって、明司らしいと思う。

「あ、はい」

「隣な」

助手席のドアを開けられて、顎《あご》で乗れと促《うなが》された。

「わ、わかってますよ！」

助手席と後部座席、一瞬、どちらに乗ればいいのか頭を悩ませたものの、明司に運転させておいて自分だけ後部座席に座るわけにはいかない。

(仕事の時はなにも考えずに隣に座ってるのに。今日は、変に意識しちゃう)

上司なのに、気を抜くと明司を男性として見てしまいそうになる。

槌谷住宅で働き始めてからは、恋人がいない焦りをまったく感じなくなっていた。

忙しいのもあったが、それよりも憧れの人の近くで大好きな仕事ができる幸福感は、恋愛よりもずっと心が満たされるものだったからだ。それなのに今は——

(どうして今さら、この気持ちが恋だったら、なんて思うの)

車は、地下駐車場を出ると新橋方面へ向かって走っていく。

途中、都道から国道へ入り、三十分ほど走っただろうか、近代的な特徴のある駅舎が見えてきた。

ＪＲの建築設計会社による建築デザインで、周辺に緑の多いこのエリアにふさわしく温かみのある景観だ。

「駅を見に来たんですか?」

駅の周辺には、科学館や博物館、動物園などもあり、土日は観光客で混雑している。有料のパーキングに車を停めて、広々とした道を歩いた。

「まさか、美術館だよ」

「あ~」

建築物としても有名な美術館といえば、どこと言われなくともわかる。

フランスで活躍した建築家が設計した、日本で唯一の建築作品だ。何度かリニューアル工事がされているものの、当初の建築家の設計意図を損ねないよう改変されている。

「来たことあるか?」

「はい、何度か」

車から数分も歩かずにコンクリートの建物が見えてきた。

外観は非常にシンプルで、威厳や華やかさはない。それでも不思議と目を引くのは、この建物を設計した建築家の個性が随所に表れているからかもしれない。

「ここって、モダニズム建築の三大巨匠と言われているコルビュジエが設計したんですよね。なんていうか、ほんと無駄のないシンプルさですよね」

前庭から入り口に向かって真っ直ぐ歩いていると、ピロティが見えてくる。

「彼の設計は特徴的だよな。ピロティを通って内部に入る動線が組み込まれていたり、屋上庭園があったり。スロープなんかもそうか。ここは新館が増設されて、前庭が改変されたが、コルビュジエの設計思想は受け継がれてるように思える」

その話は大学時代に聞いたことがあった。

「たしか、実際の設計依頼は建物だけだったのに、コルビュジエの設計図には前庭も描かれていたんでしたっけ」

「周辺の建物まで描かれていたらしいな。それが実現することはなかったが、前庭の入り口からの人の動きを含めての設計意図だったんだろう」

「建築家ですけど、芸術家って感じもしますね」

「たしかに。コルビュジエから送られてきた設計図と断面図は、寸法もなにもなかったようだからな。実用レベルの実施設計図面を書いたのは、彼の三人の日本人の弟子《でし》だと言われてる」

「日本の滞在期間は、一週間くらいでしたっけ。弟子《でし》の苦労のほどが偲《しの》ばれますね」

紗絵はやれやれと肩を竦《すく》めながら言葉を発した。天才に振り回されていたであろう弟子《でし》を思って同情心が芽生える。

「まぁな。お前が感慨深そうなのは、俺のせいか？　巨匠と俺を同レベルで語るなよ」

明司がくつくつと笑い声を漏らす。

思わずじっとりと目を細めて睨《にら》んでしまったのは致し方ない。厳しい上司のもとで苦労しているのは、コルビュジエの弟子《でし》と同じだ。

当日券を買い、ピロティを通り正面玄関へ向かった。

「そろそろ中に入るか」

明司に急に手を取られて、紗絵はぴたりと足を止めた。振り返った明司と目が合うと、離さないと言わんばかりに指を絡められてしまう。

「はい……あの、手」

赤くなりそうな頬を隠すように俯《うつむ》いて口を開いた。

「お前、ぼんやりしてるからな。はぐれたら迷子案内を放送してもらうぞ」

「えぇぇ～、スマホがあるじゃないですか。アナログ過ぎません？」

(だからって、なんで手を繋ぐの？　しかも恋人繋ぎって……もう、なんなの？)

先日、ふいに抱き締められた時もそうだった。思わせぶりな態度を取られると、もしかしたらと変な期待が込み上げてきて、冷静でいられなくなる。

抱き締めてきたのは、部下を慰《なぐさ》めただけだし、デートだと言ったのはからかっただけ。じゃあ、今、手を繋ぐのは——？

(社長が私を好きとかあり得ないよ。いつも怒られてばっかりなのに。でも、迷子にならないため、

なんて言い訳にしては苦しい、よね）

だが、紗絵が注意力散漫なのは間違いない。恋愛云々《うんぬん》で考えるより、迷子の心配をしていると言われた方がしっくりきてしまうのもたしかだった。

「お前の意見は聞かない。とりあえず繋いどけ」

「わかりましたよ」

はぐれて迷子として館内放送で呼びだされるのは御免だ。

やると言ったら本気でやる男だし、そのあと、はぐれたことをチクチク嫌みったらしく言われることを考えると、手を繋いでおいた方が安心といえば安心なのだが。

（部下っていうより子ども扱いされてない……？）

渋々明司の手を握り返すと、意地悪そうな目で見つめ返された。

「なんですか？」

「いや、なんでも」

一階の正面入り口から中に入り、自動ドアを通り抜けると、三角に切り取られた天窓から採光を取った明るい空間が目に入った。

スロープを上がった二階からは、展示スペースが螺旋《らせん》のように伸びている。

コルビュジエの設計意図として、美術品を飾る展示空間が拡張できるようにと造られたらしい。

常時開催されている展示や有名画家の企画展も頻繁《ひんぱん》に開催されているが、紗絵の目当てはそれらよりも建物の外観や内部の造りである。

ホールそのものが一つの作品のようで、スロープもまたル・コルビュジエの特徴的な設計だ。

建物内部の造りは地上三階、地下一階だ。本館の奥には新館があり、こちらでは企画展示が開催されていた。

「建築家としてはデザイン性の高い建築物にばかり目を引かれるが、ここに来ると、誰のためにどういう目的を持って造るのか、いつも原点に戻ったような気にさせられる」

明司はスロープを歩きながら階下に視線を走らせた。

「誰のため？」

「たとえばこのスロープは、美術品を鑑賞する人の移動について考えて造られているだろう？　外側も内側も、ここを訪れる客と美術品のための空間だ。俺たちの仕事は、クライアントのニーズに合わせて住み心地のいい家を造ることだからな」

「お客様のための空間、ですか。私の場合、お客様のためと思ってても、裏目にばかり出ている気がします……」

方向性は間違っていない、と明司は言ってくれたが、それを上手《うま》く伝えられない時点でまだまだ一人前にはほど遠い。

「俺だって、何年もこの仕事をやっていても、いまだにクライアントに気づかされることの方が多い」

「社長でも？」

彼の言葉は紗絵にとって、意外でしかなかった。

明司がクライアントの前で、自信のない表情をしたことは一度もない。てっきり自分の才能を誰よりも誇っているのだとばかり思っていた。

「住宅の設計を依頼するのは、ほとんどが夫婦だ。中には独り身もいるが、稀《まれ》だよな」

「そうですね」

紗絵はふと、明司狙いでアポイントを取ってきた客、田中響子を思い出した。

「俺は結婚していないし子どももいない。本当の意味でクライアントのニーズに合わせた設計ができるのか、いつだって怖いと思ってるよ。だから慎重過ぎるほど慎重になるんだ」

明司は苦笑しながら言った。

紗絵はいつも、自分には圧倒的に経験と想像力が足りないと思っていた。

「私……慎重さも足りませんね」

前田夫妻に二階建てを提案したのも、紗絵なりの考えがあってのことだった。

紗絵が祖母の家に頻繁《ひんぱん》に泊まりに行っていたために、前田の孫もきっとそうだろうと思い込んでしまった。家族の形は、それぞれ異なるのだと想像できなかった。

「お前は、こうと考えたら思い込むからな。俺は、百人いれば百通りの生活があるんだと、いつも自分に言い聞かせてる」

彼でさえ、怖いと思うことがあるのか。明司は独身で子どももいない、そんなこと初めからわかっているのに、彼ならできると当然のように考えていた。

いつだって明司は顧客に満足のいく提案をしていたから。それを可能としているのは、緻密《ちみつ》な調査とこれまでに培《つちか》った経験によるものだと考えもしなかった。天才だから自分が適わなくても当然だと、明司を遠い存在にしていたのは紗絵自身だ。

（そうだよ、前田さんのお宅に、休日にも通ったって言ってたじゃない……）

いつだって貪欲に人を知ろうとしているから、それが結果に繋がっている。彼の本質に傲慢さなど欠片《かけら》もない。

言い方がきついところはあるし、怒られるのもいやだが、彼が怒るのは紗絵のためだと本当はわかっている。

怒られてばかりなのは、なにもうっかりミスだけが原因ではない。早く一人前になりたいあまり、功を焦ってばかりいるからだ。

紗絵は、明司のように真正面からクライアントを見ていただろうか。大学時代の国際コンペの時のように、自分のことしか考えていなかったのではないか。

「私は、やっぱりまだまだです」

肩を落として言うと、隣からふんと鼻を鳴らされる。

「いつまでもまだまだでいられたら、俺が困るよなぁ」

困ると言いながらも、明司の目は穏やかだ。繋いだ指に力を込められて、なんだか慰《なぐさ》められているような気分になる。

「この間は、ミスも減ったし、仕事も速くなって、少しずつ成長してるって褒《ほ》めてくれたじゃないですか。長い目で見てくれるって意味だと思ったんですけど」

「いつだって長い目で見てるだろ。まぁ、お前は想像力を鍛《きた》えるしかないな。夫婦の生活、子どものいる生活、老後の生活、俺だって結婚も子どもも老後も未経験だ。なんなら俺と結婚してみるか？　経験を積めるぞ？」

にやりと笑われて、冗談だとわかっていても胸の鼓動が速くなる。明司と結婚なんてあり得ない、と一蹴《いっしゅう》するために、動きの鈍い頭をフル回転させなければならなかった。

「経験を積むためだけに結婚とか……モテる男が言うと、セクハラなのにセクハラに聞こえないのがすごいですね」

「セクハラのつもりはないんだが」

「え～、じゃあなんなんですか」

「俺は仲のいい家族を知らないからな、お前に教えてもらおうと思ったんだ」

「私が、建築家として目標にしてる社長に教えられることなんてあるわけないですよ！」

いつもの調子で茶化して言ったものの、彼の言葉が引っかかった。だが、一部下でしかない自分が踏み込んで聞けるわけもなく、明司の横顔をそっと覗き見る。彼の表情に切なさや寂しさなどは浮かんでおらず、ほっとした。

（仲のいい家族を知らないって、ご両親と仲が悪いのかな？）

明司の父――槌谷建設の社長とは人事の面接でしか顔を合わせたことがない。人となりなどもちろん知らないし、明司の口からも聞いた覚えがなかった。

不意に明司の目がこちらを向き、不躾《ぶしつけ》に横顔を見ていた紗絵は肩を震わせるほどに驚いてしまう。

「バカだな、目標が小さいんだよ、お前は。建築家になりたいなら俺を目標にするんじゃなく、お前にしか造れないものを目指せ、その方が楽しいだろ?」

彼は、自信ありげな顔で真っ直ぐこちらを見つめて言った。口の端を上げて笑っているだけなのに、なぜだかそんな彼から目が離せなくなる。

いつだって怖いと思っているなどと言いながらも、この人は、心底設計の仕事が好きなのだろう。より豊かな生活をしてもらえるように、驚くべき発想力でクライアントの要望を叶えていく。その経験の積み重ねが確固たる自信となっている。

(私にしか、造れないもの……か)

彼の手がける設計も、仕事に対する姿勢も、憧れてやまない。見目の良ささえも彼の一部だと思うと、すべてが魅力的で惹かれずにはいられなくなる。

目の前に飾られた絵画よりも、ずっとこの人を見ていたい。そんな感情が胸を突き、いよいよ憧れや尊敬だけと言えなくなってきている気がした。

「そ、その顔でそんなこと言います?　うっかりときめいたじゃないですか!」

すると、口元を緩めた明司がさらにからかうような眼差しで顔を近づけてきた。

「……っ」

心臓がばくばくと激しい音を立てる。その音を聞かれやしないかと狼狽《うろた》えて、逃げだしたい心境に駆られた。

間近に迫《せま》る顔を直視できず、視線を落とす。けれど、十センチほどまで顔を近づけられると、静かな館内だからこそ息遣いまで聞こえてしまうのではないかと怖くなった。

「へぇ、お前は、俺の外見にはなんの興味もないと思ってた。で、うっかりときめいてそのあとは？　好きにはならないのか？」

どうしてそんなことを聞くのだろう。思わず「好きになってもいいんですか？」と返しそうになる。

（やだよ……好きになんて、なりたくないのに）

憧れや尊敬だけでなく、恋愛感情まで抱いたら、自分がどれだけのめり込むかわからない。どれだけ好きになってしまうかと考えると怖かった。

「好きになんて、なりませんよ」

「へぇ、どうして？」

万が一、なんらかの衝動で男女の雰囲気になったとして、気まずくなるのはいやだ。明司はきっと後悔するだろうし、自分はそんな明司を見て落ち込むに違いない。

紗絵は明司の仕事を、ずっと間近で見ていたいのだ。うっかりときめいて恋愛感情を抱くなんて、愚《ぐ》の骨頂《こっちょう》である。そう思うのに、自分の発した言葉はひどく弱々しい。

（……六年も一緒に仕事をしてて、なにもなかったんだよ……それなのに、どうして今さらこんなことになるの）

抱き締めないで。優しくしないで。思わせぶりなことを言わないで。

紗絵の気持ちを揺さぶるのをやめてほしい。

繋いだ手のひらから鼓動が伝わってしまわないかと、ひどく焦る。

明司は明らかに女性の扱いに慣れている。ミーハーに寄ってくる女性たちは、まったく相手にされていない。運良く一夜の関係を持てたとしても、それで終わりだろう。自分はそうなりたくない。上司と部下であれば、ずっと明司のそばで彼の手がける作品を見ていられる。憧れだと言い聞かせ、明司を好きにならないようにしてきたのに。

――それで恋愛じゃないとか意味不明。いつも愚痴から始まって、最後は社長の賞賛で終わるよね。

――憧れと恋愛は違うの。

由美子の言葉を思い出す。正しいのは彼女だった。憧れと恋愛は違うのかもしれないけれど、憧れの先にある感情が尊敬だけとは限らない。それが恋である可能性を否定しきれなかった。

(社長のバカ……人の気も知らないで)

もしかしたら、自分に好意を持ってくれているのではないか、と心を躍らせてしまった。頭の中で何度否定しても、その思いは紗絵の胸の奥にわずかな期待として残る。

「どうしてって。六年以上も上司と部下やってるんですから……今さらですよ。ただ、私にだって一応普通の感性は備わってるので、イケメンはちゃんとイケメンに見えますし、憧れの人にあんなことを言われたらときめいちゃうので、あんまりからかわないでください」

明司から目を逸らし、壁に掛けられた絵画をなんともなしに見つめながら言う。だが、内心はまだ落ち着きを取り戻せていない。

クライアントを前にした時のように必死に表情を取り繕《つくろ》いながら、一句一句、慎重に言葉を選んだ。変わり始めた気持ちを相手に知られないように。

「好きな奴がいるから、とは言わないんだな」

「え？」

「そろそろ出るか」

小さく呟かれた言葉に答える前に、明司が出口へと足を向けてしまう。手を繋いだまま、明司の半歩後ろをついていった。

（好きな奴って言った？　まさか、私の気持ちがもうバレたの？）

聞き間違いかもしれない。明司を意識しているせいでそう聞こえただけかも。

万が一、この想いに気づかれたとしても、紗絵は今まで通り部下として接するだけだ。

（考えないようにしよう……今まで通り上司だと思わなきゃ）

美術館内にあるレストランで昼食をとり、駅近くのパーキングに戻った。来た時と同様に助手席に座りシートベルトを締めると、車はすぐに発進する。

「帰るんですか？」

「いや、もう一件見せたい場所がある」

紗絵が尋ねると、ハンドルを握った明司が片方の手で後方を差しながら口を開いた。

「後ろにある俺の鞄取って。中に設計図が入ってるから見てみろ」

「設計図？」

言われるまま彼のビジネスバッグを取り、ファスナーを開けた。中に入っていたのは、どこかの住宅の設計図のようだ。

どことなく見覚えはあるのだが、思い出せなかった。

「どちらのお宅ですか、これ」

「槌谷住宅が発足《ほっそく》して、初めてのお客様の家だ。お前はまだ新人で研修中だったから現地を見ていないだろう？　かなり腕の鳴る仕事だったぞ」

「へぇ……うわ、六坪!?　すごい狭い土地に建てたんですね」

手にした図面は、三角地に建てられた敷地面積二十平方メートルの狭小《きょうしょう》住宅の設計図だ。ＣＧイメージによると、外観がコンクリート打ちっぱなしで五階建ての建物らしい。住宅というよりはオフィスビルに近いのではないだろうか。

三角地は資産価値が少なく、家具などの配置も難しくデッドスペースが多くなってしまうため人気はそれほどない。

ただ、土地の購入費用が抑えられるという点から、どうしても都会に住みたい人にとっては一考の価値がある場所と言える。

「うちは都内の仕事が多いだろう？　家を建てるにしても土地がとにかく高いからな。狭小《きょうしょう》住宅でも、設計次第でクライアントの要望に応《こた》えることはできる」

「そうですね……窓を開けたら目の前に隣の家の壁が見えるなんて、珍しくないですもんね」

図面を熟視していると「そろそろだぞ」と隣から声をかけられ、車の窓から外を眺めた。オフィスビルの建ち並ぶエリアの一角に灰色のコンクリートの建物が見えてくる。やはり一見すると住宅には見えない。ただ、道路と道路に挟まれた土地だからか、住宅密集地のような窮屈《きゅうくつ》さは感じなかった。

「歩いて近くまで見に行ってみるか。さすがに中には入れないけどな」

「はいっ」

紗絵が元気よく返事をすると、住宅地の中にあるコインパーキングに車が停められた。実際、住宅の前に立ってみたら、思っていた以上に土地が狭い。

「へぇ～一番狭い角の部分を玄関にしてるんですね」

真四角ではない不思議な形をした建物だ。外から見ても、設計図がなければまるで内部の想像がつかなかっただろう。

紗絵は手にした図面と目の前の住宅を見比べて、どのような室内になっているのかを思い浮かべた。

「この角が一番のデッドスペースだからな」

道路沿いのため人通りは多く、家の前をうろうろしていても不審には思われなそうだ。紗絵はそのまま立ち止まり、道路から覗き込むようにして階段から続く玄関を眺めた。

「窓が大きい。あそこがリビングですか？」

「そうだ。二階と三階が吹き抜けになってる」

一階には車庫と玄関しかなく、居住スペースは二階から上のようだ。端にある土地のため、窓を大きく取っても採光が遮《さえぎ》られることはない。

紗絵は図面を見ながら、あの窓はこの部分かと当たりをつける。

「各部屋にドアがついてないのは、広く見せるためですよね？」

「あぁ、視線を遮《さえぎ》るように階段の位置を工夫し、プライベート空間を保てるように設計した。もちろんトイレと風呂にはドアがついてるぞ」

視界が開けて見えるストリップ階段を螺旋《らせん》状に配置しているため、室内は実際よりも広く見えるはずだ。狭いのに圧迫感を覚えない造りになっている。

「六坪で、子ども部屋に収納まで。実際に外から見るとすごく狭そうなのに。これだけのスペースが作れるんですね」

「デッドスペースを活用できるように全部の家具を特注にして、大きく面積を取られる階段を生活の邪魔にならないように設計するのは苦労したな」

「家具まで特注なんですか」

「それがクライアントの希望だったからな。既存品じゃ合わないし」

聞けばすぐに答えが返ってくる。紗絵は、明司とこういうやりとりをしている時が一番楽しい。彼の考え方に触れて、学べる機会はそう多くない。

明司は仕事を丁寧に教えてくれるけれど、答えは教えてくれない。建築に正解などなく、すべては顧客が満足してくれるかどうかなのだから当然だが。

「二階、三階の部屋は一部分だけが吹き抜けなんですね……ロフトみたい」

「そうだ。各階の部屋はロフトをイメージして造った」

「ベランダはないんですね」

「その代わりに屋上がある。洗濯物を二階から五階まで持っていくのはなかなか骨が折れるだろうから、水回りを四階に設置したんだ」

五階の屋上テラスは、高い壁に覆《おお》われている。周辺のビルの窓から洗濯物や布団を見られないようにしたのだろう。

一つ一つの技術はよく知ったものなのに、天才的な組み合わせ方によって、こんなにも住んでいる人に豊かさを与える造りになる。

(最初のお客様か……研修なんて受けないで、社長の仕事を見ていたかったかも)

そうすれば図面だけでなく、内部を見る機会もあったかもしれないのに。

紗絵は、数十分前まで恋愛感情で悩んでいたことも忘れ、明司の作品に没頭した。目に焼きつけるようにビルを眺めていると、隣から声をかけられる。

「そろそろ帰るぞ」

「え、あ……はいっ」

パーキングに戻る途中も、頭の中は先ほど見た住宅のことばかりだった。

やはり建築家、槌谷明司はすごいのだと、改めて思い知らされる。なんとか自分の糧《かて》にできないか考えたところで凡人には難しいかもしれないが。

紗絵には明司のような天才的なひらめきもセンスもない。ならば一つでも多く彼の設計を見て、その技術を盗むしかないのだ。

「どうした？」

明司は、口数が少なくなった紗絵に気づいたのか、案じるように声をかけてくる。

「……社長は、どうしてこんな設計ができるんだろうって考えてました。はっきり言って自信喪失中です。やっぱりすごい……けど、悔しい」

大学時代、適わないと思い知らされたあの国際コンペを思い出す。

当時だって、何度も思い出しては悔しい思いに駆られたのだ。

目標とする人の近くで働けることは本当に幸運だ。だが、彼の作品に心を奪われるたびに、自分がこの域に到達する時は来るのだろうかと考えて、先の見えなさに心が折れそうになる。

「ははっ」

明司はそんな紗絵を見て、楽しそうに笑った。

「社長？」

「人の設計を見て悔しいって思えるから、俺はお前を買ってるんだ。卑屈《ひくつ》にならずに前を向けるのは強みだ。経験を積めば、自信なんてあとからいくらでもついてくる」

「私のこと、買ってくれてたんですね……一応」

「これだけ面倒見てやってるのに気づかなかったのか？」

大きな手のひらがぽんと頭にのせられる。

人をおちょくるような笑みを向けられているのに、ときめいてしまいそうになる。

（また……どうして、こんな風に触ってくるの）

建築に真摯《しんし》に向き合い、人を見る目に長《た》けている人だ。紗絵に対して厳しいのも、そうした方が伸びると判断したからだろう。

職場の雰囲気がいいのも、ほとんどの部下が社長に軽口を叩けるのも、明司の人柄によるものなのだ。

（ほんとにだめだ……好きになりそう）

なりそう、なんて言っている時点で、すでに手遅れなのかもしれない。

紗絵は唇を尖らせて、明司をじっと見つめ返した。

「その顔やめてください」

「さすがにそれはひどくないか？」

ひどいと言いながら、まったく怒っている気配がないのは、冗談だと思っているからだろう。

（冗談じゃないのに。外見も中身もかっこいいって気づいちゃったら、好きになっちゃう）

すでに加速する気持ちが止められない。たとえ両思いになれなくても、好きでいるだけならいいのではないかと考えてしまっている。

「仕事ができるイケメンってずるいです。ちょっと褒《ほ》められたり、優しくされたりするだけで、普段の人を人と思わないドSっぷりとのギャップで、かっこよさが倍増しちゃうんですよ」

紗絵は唇を尖らせて、視線を落とした。

思わず、ため息交じりの呟きが漏れる。

「ほんと……うっかり……好きになりそう」

もうとっくに好きになっていると、わかっている。

由美子がいつも呆れた顔をするわけだ。

憧れという言葉で括《くく》っていた気持ちがとっくに形を変えているのに、気づかないふりをしていただけなんて。

「なればいい。俺、好きな女にはとことん甘いからな」

「へぇ～、そうですか」

なればいい、なんて冗談でも言わないでほしい。

まさか明司も自分を、と期待してしまうのを止められなくなるではないか。

今日だって、デートなどと言っていたが、結局は仕事の延長のようなものだった。

明司が手がけた住宅を見られて充実した一日ではあるものの、これを恋人同士のデートとは言わない。

(好きな女には甘い、か……社長が恋人を甘やかしてるところなんて、想像がつかないけどね)

日頃からドSっぷりを目《ま》の当たりにしているからだろう。

好きな女には甘いというなら、紗絵は好きな女ではないということだ。

明司の言葉一つで感情が波立ってしまう。喜んだり悔しかったり、悲しかったり。

別に両思いになりたいわけじゃないから大丈夫。

そんな風に自分に言い聞かせて、紗絵はじくじくと痛む胸をぎゅっと押さえた。

デートの日から一週間が経った日曜日。

紗絵が部屋の掃除をしていると、部屋のチャイムが鳴った。一階のオートロックではなく、部屋の前に誰か来ているらしい。

(もしかして……社長?)

さっと自分の格好を見て、慌てふためく。掃除が終わってから着替えようと思っていたため、まだ部屋着のままだったのだ。顔は洗っただけでメイクもしていない。

どうしよう、と洗面所に駆け込むと、もう一度チャイムが鳴り響いた。

「あ～もうっ」

仕方なく玄関に急いで、手櫛《てぐし》で髪を整えてからドアを開けた。

だが、そこにいたのは明司ではなかった。

(え……誰?)

五十代くらいだろうか。白髪《しらが》交じりの髪ではあるが、背筋がぴんと伸びていて体格の良い男性だ。

紗絵がドアを開けたまま首を傾げていると、男性が軽く会釈《えしゃく》をして口を開いた。

「朝早くに申し訳ない。本田紗絵さんでお間違いないでしょうか?」

「あ、はい。そうです、が……」

「このマンションの管理組合会長をしている志村《しむら》というものです。お兄さんに連絡を取ったら、妹の紗絵さんと一緒に暮らしていると聞き、訪ねさせてもらいました。少しお話をさせてもらってもいいですか？」

「え、えぇと、はい。じゃあ……あのどうぞ」

紗絵が部屋に招こうとすると、志村は慌てたように首を振った。

「いえ、ここで大丈夫です。お兄さんがいない時は、あなた一人でしょう？　知らない男性を簡単に家に上げないように」

志村に言われて、自分の警戒心のなさに気づいた。組合の人なら大丈夫だと思ったが、たしかに知らない相手だ。

「すみません」

「同じくらいの娘がいるものでね。お節介焼きですまんね。じゃあ、ここで話をさせてもらうから」

志村はそう言うと、一枚の写真を取り出した。画像は粗く、家でプリントしたもののようだ。どこかの壁に落書きのようなものがされている。

「これは、数日前に気づいて写真を撮っておいたんだが、見たことはあるかな？」

「いえ……ありません。うちのマンションなんですか？　落書き？」

「あぁ、自転車置き場の裏側でね。防犯カメラの死角になっていて、犯人は映っていなかったんだ」

こうした落書きは街中でもよく見かける。商店街のシャッターや、高架下など。コンクリートをキャンバスとしていたずら書きをする人はどこにでもいるのだろう。迷惑な話だとは思うが、それが自分とどう関係あるのかわからず困惑する。

（まさか、私が疑われてる、とか？）

紗絵が青ざめたことで察したのか、志村が慌てたように言った。

「あ、本田さんを疑ってるとかじゃないから。安心してください」

「あの、じゃあ、どうして」

「落書きのここ、見える？　プリンターがあまり良くなくて、はっきりと見えないんだけど、ここに小さくあなたの名前が書かれてるんだよ。警察に相談した時は、あなたがこの部屋に住んでいるって知らなかったし、アイドルかなんかに同姓同名の人がいるらしくて、組合の役員の間でもいたずらだろうって話になってたんだけどね」

「うわ、ほんとですね。私の名前だ」

紗絵は愕然《がくぜん》としながら写真を見つめた。画像は粗く見づらかったが、たしかに本田紗絵と漢字表記で書かれている。そのあとに消えろ、とも。

紗絵は無意識に腕を摩《さす》った。

知らない間に誰かに恨まれるような、なにかをしてしまったのだろうか。

「こういうことをされる覚えはあるかい？　しそうな人の心当たりとか」

「いえ……まったく、ないです」

「そうか〜、警察にも情報を共有して犯人を捜してもらうつもりでいるが、人的被害が出ていないとパトロールを増やすくらいしかできないみたいでね」

志村は期待外れだったのか、がっくりと肩を落とした。

そもそも紗絵がこのマンションで暮らしていることを知る人は非常に少ない。

由美子を含め、友人とは外で会うことが多く、引っ越したという話はしたが場所までは伝えていないし、こんなことをするはずがない。

会社には住所変更の手続きのため引っ越し先を伝えたが、個人情報を漏らすとも思えない。

ぐるぐる考えていると、志村が心配そうな顔でため息をついた。

「ただのいたずらならいいけどね、いや、良くはないんだが……ストーカーの可能性もあるし、一応、身辺には十分気をつけてください。住民で協力して夜にパトロールをすることになってるから、それに気づいた犯人が諦めるか、捕まるかしてくれればいいんだが」

志村はため息を漏らしつつ呟いた。同じ年頃の娘がいると言っていたから、心配してくれているのだろう。

「わかりました。ありがとうございます」

志村に写真を返して、ドアを閉めた。

鍵をかけると、強張《こわば》っていた肩から力が抜ける。

同姓同名のアイドルがいると志村は言っていたが、自分を知る誰かに恨みを持たれている可能性もある。

そう考えると恐ろしく、気持ちが悪い。だからといってどうすることもできず、早く犯人が捕まればいいと祈るしかなかった。

早く引っ越し先を探せばいいと思う反面、明司のそばから離れるのがいやだと考えて二の足を踏んでしまうのだから、紗絵の恋心はすでに重症である。

仕事の帰りは夜遅くなってしまうが、駅からマンションまでの道は明るく人通りも多い。

今のところ落書き以外の被害はないようだし、警察が動いてくれるなら、そのうち犯人も捕まるだろう。

一人暮らしに若干不安はあるが、もうしばらくすれば兄も帰ってくるはずだ。

(そのアイドルのアンチとかかもしれないし……たぶん私じゃないよね)

紗絵はなるべくいい方に考えることにして、部屋の掃除を再開した。


翌日、いつもより三十分早く家を出た。

別に明司に会いたいわけではない。ただ、朝食を用意する時間がなかったからだ、といろいろと言い訳を考えながら、二度目となる喫茶店のドアを潜《くぐ》った。

「いらっしゃいませ……あ」

あ、という声に顔を上げると、テーブルを拭いていた女性店員が顔を上げてこちらを凝視していた。

(な、なに?)

そういえば、前回この店を訪れた時も、おそらく明司のファンであろう彼女に関係を探るような視線を向けられた。

顔が良過ぎるのも大変だなと思いながら案内を待つと、店員がやって来た。

「今日は、お一人なんですね」

「あ、はい」

「そうですか」

女性店員はほっとしたように相好《そうごう》を崩した。

どうやら紗絵のライバルは多そうである。両思いになりたいと思っているわけではなくても、彼を好きな女性はたくさんいると考えると、落ち着かない気分になった。

「モーニングプレートを」

「かしこまりました」

紗絵は食事を待つ間、気づくとちらちらドアに視線を向けていた。

明司だって毎日外で朝食をとっているわけではないだろうし、約束だってしていない。

ただ、土日に顔を見られなかったことが寂しくて、プライベートの彼と話をしたくなってしまっただけだ。

（ほら～、こうなるからいやだったのに……）

紗絵はテーブルに肘を突き、拳《こぶし》に顔を埋《うず》めた。彼を好きだと認めて気持ちが楽になった分、頭の中が恋愛一色になってしまった。仕事中は切り替えられているものの、元来不器用な紗絵の気持ちがバレるのは時間の問題な気がする。

時間を確認するためにテーブルにスマートフォンを置いておくと、一件の新着メッセージが入っていることに気づいた。

(なんだろ、お兄ちゃんかな)

兄には、落書きの件とその中に自分の名前があったと伝えた。その後、次の日曜には帰るからあまり遅くに出歩かないようにと返信があった。

(あ、由美子だ)

引っ越しが落ち着いたなら会わないかというメッセージだった。

(土日は彼氏とのデートだろうし、やっぱり平日かな)

紗絵は明日以降の予定を思い浮かべるが、残念ながら平日にゆっくりと会う時間は取れそうにない。

それに、ただのいたずらとは思うが、落書きに自分の名前が書いてあった件も気になっていた。せめて兄が帰ってくるまでは自重したい。

近況報告のついでに、念のため紗絵の引っ越したことについて誰かに話したか聞いておく。もちろん由美子を疑っているわけではない。自分では気づかなくても、彼女ならなにかぴんとくることがあるかもしれないという可能性にかけた。

返信はすぐにあった。

(誰にも言ってないか……だよね)

どうかしたのかと心配する由美子に落書きの件を伝えると、危ないから夜に誘うのはやめると逆に断られてしまった。

（お兄ちゃんが帰ってきたらね、と……）

由美子からの了解の返事を見てスマートフォンをテーブルに置くと、ちょうどモーニングプレートが運ばれてくるところだった。それと同時に店のドアが開き、明司が姿を現す。

鼓動が一気に跳ね上がり、ばっちりと目が合ってしまった。

「おはよう。来てたのか」

「おはよう……ございます」

当然のように向かいに腰を下ろされ、口元が緩みそうになるのを抑えきれない。

「なに笑ってるんだ、気持ち悪い」

「年頃の女性に向かって気持ち悪いはないですね」

明司がモーニングを頼むのを見て、上司より先に手をつけていいものか迷う。

「さっさと食えよ。おかわりできなくなるぞ？」

「……すみません、お先にいただきます」

紗絵は手を合わせて、食事を始めた。

サラダを咀嚼《そしゃく》しながら、明司の顔をちらりと盗み見る。自分の気持ちなどすぐにバレてしまうと思っていたけれど、案外気がつかれないものらしい。

それに、また思わせぶりな言葉をかけられるのではと内心身構えていたのに、明司の態度はこれまでと変わらなかった。

（あんな風に人を翻弄《ほんろう》しといて、放置するとかなんなの）

もしこれが女性を誑《たぶら》かす手だとしたら、まんまと引っかかった自分はただの間抜けである。

「ところで社長、今日いつもより遅くありませんか？」

紗絵はスマートフォンのデジタル時計を見ながら言った。

「あぁ。出がけに組合からの書類に目を通してたんだ。駐輪場裏の壁に落書きがあったらしいな」

「そう……みたい、ですね」

当然だが、そこに紗絵の名前が書かれていたことまでは知らないらしい。その件を言うべきか悩み、結局、口を噤《つぐ》んだ。

自分が誰かに恨まれているかもしれないなんて、明司に知られたくなかったし、恨まれるようなことをしたのかと誤解されたくもなかった。それに明司に知られたら、早く帰れと言われる気がしたのだ。

「早く犯人が捕まればいいが、お前も帰る時気をつけろよ？　駐輪場の方へ行く用事はないと思うが」

「はい……でもたしかにもう少し早く帰れたら安心ですよね～」

不安になりそうな自分の感情を誤魔化すために茶化して言うと、魅惑的な視線が返された。

「怖いなら、一緒に帰ってやろうか？」

(そのつもりもないくせに)

甘ったるい眼差しを向けられて、まんまと喜んでしまっている自分が悔しい。

「社長が帰るの、私より遅いじゃないですか。いやですよ、待ってるの」

本当は一緒に帰りたい、と顔に出ていなければいいなと思いながら口に出した。

「なかなか早く帰らせてやれなくて悪いな」

「どうしたんですか？」

紗絵はフォークでトマトを刺したまま手を止めて、ぽかんと口を開けた。

まさか明司が謝るなんて、と思ったのが顔に出ていたのか、フォークを持つ手を上から掴まれトマトを口に入れられた。

「むぅ……っ」

「あのな、俺だって一応経営者なんだから、ブラックと言われないようにいろいろ考えるに決まってるだろ」

口に入れられたものを慌てて飲み込み、首を傾げた。

「ブラック……ですか？」

「利益を出さなきゃ話にならないが、人件費をケチるわけにもいかない。うちは槌谷建設からの出向者が多いし、待遇が悪いから親会社に戻りたいなんて言われたくないだろう……ってお前にこんな話をしてもな」

「仕事は大変ですけど……私は、うちの会社がブラックなんて思ったことはありませんよ。社長と一緒に働けるだけで、嬉しいです」

紗絵が言うと、明司は驚いたように目を丸くした。

残業が多いのも、明司からの叱責《しっせき》も嬉しいわけではないが、やりがいはある。どれだけ大変でも、紗絵は出向元である槌谷建設に戻りたいと思ったことはなかった。

「お前……」

「お待たせしました」

明司がなにか言いかけたが、ちょうどモーニングプレートが運ばれてきて、それきり会話は止まってしまう。

時間があまりなかったからだろう。明司も黙々と食事を終えて、二人同時に席を立った。

第五章

日曜日の早朝。

明司が玄関を出ると、こちらに向かって歩いてくる一人の男がいた。

色素の薄い髪に穏やかそうな雰囲気。きっちりし過ぎておらず、それでいて清潔感のある爽《さわ》やかな風貌をしている。

（あの男……隣の奴か）

男はスーツに身を包み、スーツケースを引きながら歩いている。どうやら仕事帰りのようだ。

隣人の男とは一年に数度ほどしか顔を合わせず、表札が出ていないため名字すら知らない。

出張の多い仕事に就いているのか、度々家を空《あ》けていて、引っ越しの挨拶《あいさつ》で訪ねた時も留守だった。

明司が紗絵を虎視眈々《こしたんたん》と狙っているとも知らずに暢気《のんき》なものだ。

紗絵は隠し事が下手《へた》だし、デートという言葉に翻弄《ほんろう》されてはいたが、あの日の格好から判断するに仕事の延長という意識だったはずだ。だが、話題には上《のぼ》るだろし、休日に彼女が自分と二人きりで会ったことを知らないとは思えない。

紗絵の気持ちが少しずつ変わり始めているのが、明司には手に取るようにわかる。それはこの男も同じはずだ。

ここ最近の彼女は、度々考え込むような表情を見せる。ちらちらとこちらを向く視線からもなにに悩んでいるかは明白だ。

恋人とさっさと別れたらいいと思いながらも、その判断を急《せ》かしたくなくて、悶々《もんもん》としているのは自分も同じだった。

(早く落ちてこいよ)

紗絵の気持ちが完全にこちらを向いたならば、もう遠慮はしないのに。

「おはようございます」

明司はドアに鍵が閉まっているのを確認し、男の後ろを通り過ぎる際に声をかけた。

「あぁ……おはようございます」

「仕事帰りですか？」

「ええ、今日は一ヶ月ぶりの帰宅です」

男は参ったとでも言いたげに苦笑した。

（牽制《けんせい》の一つもされなかったのは、家にいなかったせいか）

表情が変わりやすいところが紗絵と似ているような気がして、心が波立った。

一緒に暮らしているのだから性格が似ていてもおかしくないのに、紗絵との暮らしをまざまざと見せつけられたように感じる。

「じゃあ、紗絵さんは寂しいんじゃないですか？」

思わず口から出たのは悔し紛れの言葉だった。

うかうかしていたら奪うぞ、と。

これ幸いと上司の立場を利用し紗絵を手に入れようと画策していることに対して、申し訳なさはいっさいない。

「あいつが寂しいとか……って、紗絵を知ってるんですか？」

男が驚いたように目を見開いた。

隣に住んでいる自分が紗絵の上司であることを聞かされていないらしい。それに一緒に出かけたことも話していないようだ。

「実は、紗絵さんは私の部下でして。隣に越してきたと知った時は驚きました」

「そうでしたか。うちのがご迷惑をかけていなければいいんですが。あいつ……本当に抜けてるので」

男はおもしろそうに、はははっと笑い声を立てた。

うちの、という言い方に明司の眉がぴくりと上がる。恋人の上司に対しての挨拶《あいさつ》としては普通なのに、どうしようもなく気持ちが焦るのは、二人の仲睦まじさを見せつけられているような気がするからだろうか。

「たしかに小さなミスは多いですが、逞《たくま》しさがありますし、負けず嫌いなところは頼もしいですよ」

「あいつの扱い方をよく知っていただけているようで安心しました。これからも、紗絵をよろしくお願いします」

「えぇ」

男が鍵を開けて、中に入った。背中越しにドアが閉まる音が聞こえてくる。

紗絵と男の会話を耳に入れたくなくて、明司は急ぎ足でその場をあとにした。エレベーターに乗り込み、かちかちとボタンを連打しドアを閉める。

「さすがに、さっきのはかっこ悪いだろ……」

明司は深く息を吐ききり、エレベーターの壁にもたれかかった。胸の奥底から湧き上がってくる苛立ちは嫉妬だ。

一緒に暮らすくらいだ、二人の仲が良好なのは想像がついていた。恋人としての余裕なのか、明司を見ても男の顔に焦りはまったくなかった。

牽制《けんせい》も嫌味も通じない。まるで紗絵が二人いるようだ。だからといって今さら諦めるつもりもないが。

今頃、男とどんな話をしているのだろう。明司はエレベーターを降り、湧き上がる焦燥感《しょうそうかん》を振り払うように足を踏み出した。

＊＊＊

日曜日の早朝、兄の誠が出張から帰ってきた。

玄関でばたんという大きな音が立ち、紗絵は驚きに全身を震わせる。

落書きの一件から、物音や背後の足音に敏感になっていていけない。

玄関の鍵はかけていたし、部屋に入ってこられるのは兄しかいないとわかっていても、一人しかいない家で音が響くのは驚くものだ。

「お兄ちゃん、おかえり。出張お疲れ様」

紗絵は、歯を磨きながら洗面所から顔を出す。

これから帰る、という連絡くらいはできないものかと思うも、居候《いそうろう》の身分ではそれを口に出すのも憚《はばか》られた。

「ただいま。お前がいること忘れてた」

誠の顔が面倒そうに歪《ゆが》み、大袈裟《おおげさ》なほど深いため息が聞こえてくる。家を失った妹を思いやる気持ちはないらしい。

紗絵は急いで口をゆすぐと、兄の後ろをついてリビングへ向かう。

「そのうち出ていくから我慢してよ。兄妹でしょ」

「お前の場合、そのままずるずると居座りそうだからいやなんだよ。仕事が忙しくて探す暇なかった～、ごめ～ん、とか言って」

たしかに誠の言う通りで、明司の隣から引っ越したくないな、などと考えていたため二の句が継げなくなる。黙っていると、ほらな、というように呆れた目を向けられ、ますますいたたまれない。

「休みの日に、探します……はい」

家賃を考えると、この近くの物件は無理だろう。

明司と朝食をとる機会もなくなってしまう。少しだけ彼のプライベートを知った気になっていた分、それを失うのは寂しかった。

「そうしてくれ。つうかお前さ、居候《いそうろう》ならポストくらい見てくれよ」

誠はダイニングテーブルの上にチラシの束を置き、うんざりした声で言った。スーツのジャケットを脱ぎ、ソファーにぽいと投げ捨てる。

「ポスト……あぁ、ごめーん」

暗に、だから取り壊しの連絡も見逃したんだろう、と言われている気がして目を逸らす。

紗絵はダイニングテーブルに置かれたチラシを手に取り、ソファーに座った。ソファーの肘置きに体重を預けた誠が、そのチラシを覗き込みながら口を開く。

「志村さんから連絡あっただろ？　今日の夜、管理組合でパトロールをするらしい。うちも当番みたいだから、お前が行けよ？」

「え～！　壁に書かれた落書きに私の名前があったのに！　妹が心配じゃないの⁉」

「まぁ、不審火も報告されてるっていうから、心配は心配だけどなぁ」

「不審火？」

不審火については初めて聞いた。

ぎょっとして誠を仰ぎ見ると、大したことでもないように首を振られる。この兄は人付き合いが得意なエリート商社マンだが、紗絵以上に脳天気で楽観的なのだ。

「たばこの不始末じゃないかって志村さんは言ってた。ちょっと焦《こ》げたような跡があっただけらしいし。商業施設から流れてくるマナーの悪い客が、よくあそこでたばこ吹かしてただろ？　志村さんに注意されてからは見なくなったけど」

「そうなんだ」

不審火も落書きと同一犯だとしたら、被害がエスカレートしているようでぞっとする。心の底から自分に向けられた恨みではないと願いたかった。

「まぁさ、いたずらで放火はしないよなぁ。落書きだけならまだしも放火となれば警察も重い腰を上げざるを得ない。駐輪場の辺りは監視カメラの死角になってるとはいえ、周辺のカメラを全部調べたら簡単に身元は割れそうだしな。とはいえ、気をつけるに越したことはない」

「怖がらせるようなこと言うなら、お兄ちゃんも一緒に行ってよ。危ないでしょ」

一人で見回りをするのはさすがに心細い。

ぐいぐいと腕を引っ張るが、呆気なく振り払われた。なんて冷たい野郎だと睨《にら》むも、妹のそんな視線に絆《ほだ》されてくれる兄ではない。

「一ヶ月ぶりに出張から帰ってきたんだぞ？　行ってやりたいのはやまやまだが、今夜はデートなんだよ。俺は、彼女と妹なら彼女を取る」

「えぇぇ〜ひどい」

「パトロールは三十分くらいで終わるみたいだから。そのあとどこかで時間をつぶしてこいよ。外じゃなくて、店でな。さすがに俺もそこまで鬼じゃない」

「なんで？」

「彼女がここに来るから」

「はっ？　なんで？　彼女さんに説明してるんでしょ？　私がいるって。ならいいじゃない。明日仕事なのに追い出すなんて鬼なの？」

チラシを置いて文句を垂れると、わざとらしいため息をつかれる。誠の目は「居候《いそうろう》がなにを言ってるんだ」と言っていた。

「お前な、野暮なこと聞くなよ。恋人が部屋に来たら、やることなんて一つだろうが。帰ってきていいタイミングで連絡してやるから、それまで近くのレストランでも行っておけ。ちゃんと迎えに行ってやるよ」

「うわ、最低！」

「なにが最低だ。男なんてそんなもんだし、向こうだってそれを期待して来るに決まってんだろうが」

「うそだよ！」

「うそなわけないだろ」

得意気に言われると、なんだか自信がなくなってくる。

「え～」

軽薄そうに見える兄だが、恋人との付き合いは長い。だからか、そういうものなのか、と思い始めてしまう。

「で、パトロールは二人一組だそうだ。一人じゃなくて良かったな。うちとペアになるのは、槌谷……って、これ隣に住んでる奴だな。男と一緒なら誰かに襲われることもないだろ」

誠はチラシに書いてある名前を指差しながら言った。つられて紗絵の視線が落ちる。たしかにそこには本田、槌谷、と名前が書いてあった。

「槌谷って」

隣に住んでいる槌谷、なんて一人しかいないではないか。

(デートの日からずっと、社長のことばっかり考えちゃってるのに)

仕事の時は平気なのに、二人きりになると、あの日の気持ちを思い出して落ち着かなくなる。それでも二人で会いたい気持ちがなくならない。

明司は憧れの存在で、手の届かない遠い人。恋愛感情なんて持ってはいけない人。ずっとそう思ってきたのに、好きになってしまった。

仕事でも家に帰っても、繰り返し彼の言った言葉の意味を考えては、ある種の期待をしてしまう。

けれど、あんな思わせぶりなセリフでこちらを惑わしておきながら、紗絵の期待を余所《よそ》に、明司は何事もなかったような態度を取るのだ。

(社長が私に恋愛感情なんて持つわけがないよ)

デートだと言ったことも、手を繋いだことも特に意味はなく、早く一人前になってほしいという上司の気遣いだったのかもしれない。きっとそうだと思いながら、自分のその考えに落胆してしまう。

紗絵が「うっかりときめいた」と言ったから、好きにならないのかと聞いただけ。

紗絵が「好きになりそう」と言ったから、なればいいと返しただけ。

それを思わせぶりに感じたのは、自分が明司の気持ちに期待してしまっているから。

(私を、からかっただけ?)

でも、今まで恋愛事でからかわれたことなんて一度もないのに。

(社長って私のことが好きなんですか……なんて聞けるわけないし)

聞いたところで、どれだけうぬぼれているのかと、呆れた顔を向けられて終わりそうだ。

すべては自分の妄想でしかない。あのデートからずっと、浮かれたりへこんだり気持ちが忙しい。

いっそのこと告白してさっさと振られた方が、気が楽なのではないかと思ってしまう。

そうすれば、紗絵の望み通り、ずっと部下として彼の下で働き続けることができる。

明司と初めて会った日、紗絵は良かったと思ったのだ。

これだけ厳しい物言いをする明司には、間違っても恋愛感情を抱くことはないだろう。憧れは憧れのままで終わりそうだとほっとしたのだ。

（大学時代から憧れの人で尊敬できる上司……それに、好きな人）

ふいに明司の手の感触を思い出してしまい、叫びだしたくなるような恥ずかしさに襲われる。紗絵はじわりと汗の滲《にじ》む顔を両手で押さえた。

「どうした？」

紗絵の反応がおかしいと気づいたのか、誠が訝《いぶか》しげに尋ねてくる。

頬を包んでいた手をぱっと離し、誤魔化すようにへらりと笑う。

「あ～えっと、実は隣の人ってうちの会社の社長なの」

わざわざ出張先に連絡してまで言うことでもないかと、明司については話していなかった。紗絵の上司が隣に住んでいると聞いたところで誠も困るだろう。

「そういや、さっき会った時そんなこと聞いたな」

「会ったの？」

「あぁ、ちょっと話しただけだけど。な～んか微妙に牽制《けんせい》されたような感じがするんだよな。なんでだ？」

誠は首を傾げながら、ぼそりと呟いた。

「まぁいいや。知り合いならやりやすいだろ。じゃ、頼んだぞ。俺、何時間か寝るから。部屋にいてもいいけどうるさくするなよ」

「わかった」

誠は、紗絵とこれ以上話す気はないようで、さっさと背を向けて洗面所へ行ってしまう。シャワーを浴びて寝るのだろう。

組合員の仕事をしなかったくらいで追い出したりはしないと思うが、居候《いそうろう》の分際で出張から帰ったばかりの兄をこき使うわけにもいかない。

（告白かぁ……）

好きだと告げたら、あの人はどんな顔をするのだろう。

都合のいい答えが返されるはずもないのに、紗絵の脳裏に「なればいい」と言った彼の顔がふいに浮かんだ。


数時間後、起きてきた兄が、リビングで寛《くつろ》ぐ紗絵を顎《あご》でしゃくった。

「おい。飯、食いに行くぞ。奢《おご》ってやるから付き合え」

紗絵の食事はほとんど外だ。いくつか作り置きはしておくが、残業が多いため、ほとんど朝食用となってしまっている。

それに兄は、紗絵のうっかりな性格をよく知っていて、料理をさせたらよけいに面倒なことになると思っている節がある。上手《うま》くはないが作れないこともないのに。

「どこに？」

「その辺でいいだろ」

紗絵はバッグを掴み、玄関に向かう誠を追った。

二人でエレベーターに乗り込み、なにを食べようかと思いを巡《めぐ》らす。デートの予定がある兄に代わって紗絵がパトロールに行くのだから、少しくらいの贅沢《ぜいたく》は許されるはずだ。また居候《いそうろう》の分際でと言われる可能性はあるが。

「和食が食いたいんだよな」

「え～お肉にしようよ」

マンションのエントランスを出たところで誠の腕を引くと、こちらへ向かってくる女性とすれ違った。

(あれ……今)

紗絵は誠の腕から手を離して、足を止める。

通り過ぎる際に舌打ちをされたような気がするのだが、聞き間違いだろうか。もしかしたら通行の邪魔をしてしまったのかもしれない。

「どうした?」

誠は、足を止めた紗絵に胡乱《うろん》な目を向ける。

後ろを振り返ると、すでに女性の姿はなかった。そういう人もいるか、と紗絵は誠の隣に並ぶ。

「ううん、なんでもない。で、肉でいいの? 焼き肉とかステーキは?」

「いいわけない。今日の夜、デートだって言っただろ」

「そんなの気にするの? 乙女か」

「うるさい。出張から帰ったばかりのお兄様をもっと気遣え、居候《いそうろう》。ってことで和食な。俺の奢《おご》りだからお前の意見は聞かない」

「へぇ～い」

不服そうに唇を尖らせながらも、奢《おご》ってもらえるなら文句はなかった。ついでに買い物も済ませて、荷物持ちをしてもらおうと決める。

駅とは反対方向に向かって歩いていると、信号待ちの横断歩道に差しかかる。視線に気づき隣を見ると、兄がやけに神妙な面持ちでこちらを見ていた。

「お前、さっきの話。いたずらだとは思うけど、仕事帰りとか本当に気をつけろよ」

「さっきのって……落書き？　そりゃわかってるし気持ち悪いと思うけど、帰るの遅くなるんだからどうしようもないよ」

「その隣人の上司に頼んで、犯人が捕まるまで定時で帰らせてもらえばいいんじゃないか？」

「頼めないよ。そんなことで迷惑かけたくない。ただでさえ、ミスが多くて社長には迷惑ばっかりかけてるのに」

落書きに自分の名前があった件を、明司に話すかどうか迷った。心配してくれるだろうし早く帰れとも言われそうだが、その分のしわ寄せが明司にいくと思うと言いにくい。それにいつ犯人が捕まるかもわからないではないか。

「わかるけど、紗絵は考えなしだからなぁ。万が一犯人と鉢合わせしたら、その場で捕まえようとしそうで怖いんだよ」

「いくらなんでも、そんなことはしないって」

「お前はいろいろやらかす天才だから、俺の心配は尽きないんだよ。恋人の一人でもいればなぁ。選ぶならしっかりした大人の男にしろよ？　すぐにキレるような奴はだめだぞ、心の広い男な」

「どうしてそこで私の恋人の話になるの！」

しっかりした大人の男――と言われ、つい明司の顔を思い浮かべてしまう。

紗絵は、誠の背中をばしばしと叩きながら、やはり早めに振られて然《しか》るべきではないかと考えたのだった。

第六章

日曜日の二十時を過ぎた頃。

「そろそろパトロールの時間か」

明司は、組合の書類をテーブルに置き、預かった懐中電灯と防犯パトロールと書かれた反射たすきを出す。

組合からの書類には担当者、槌谷、本田と名前が書かれていた。こういった手紙は世帯主名で書かれることが多いのに、隣人の男の名ではないのは珍しい。

（そういえば、あの男の名前を聞く機会もないままだな）

もしかしたら、家を空《あ》けることの多い男の代わりに、紗絵が手を挙げたのかもしれない。付き合っているならばあり得るだろう。

明司は支度を終えて、玄関のドアに手をかけた。その時、外からかたんと小さな物音が聞こえてくる。

ドアを開けると、紗絵が驚いた様子であとずさった。

「なんだよ、来たならチャイム鳴らせばいいだろ」

「びっくりしたっ」

「それはこっちのセリフだ。っていうかお前、顔真っ赤だぞ」

明司がさりげなさを装《よそお》って、紗絵の頬に触れると、ずっと外で待っていたのか驚くほど冷たい。

(いつからここにいたんだ?)

四月の終わりとはいえ、夜はまだ冷える。頬を温めるように手のひらで包み込むと、紗絵の肩が強張《こわば》り、困ったような視線を向けてきた。それでも明司の手を拒《こば》みはしない。

早く落ちてくればいいのに、そんな思いから、紗絵の頬を軽く撫でて手を離した。

「ほら」

明司は手に持った反射たすきを紗絵の肩にかけた。

「え、私がこっちなんですか? 私、そっちがいい」

紗絵は明司が持つ懐中電灯を奪おうとしてくる。それを片手で押し止めて、紗絵の腕を掴んだ。

「お前の方が似合うだろ」

「絶対うそです!」

感情が素直に表に出るところが可愛くて、ふてくされるとわかっているのに、ついからかってしまう。

紗絵の明司への想いは、まだ隣人の男には適わないのかもしれない。そう思うと悔しくてたまらないのに、諦められない。

「ほら、時間だ。行くぞ」

「はい」

明司は紗絵の手を掴み、歩きだす。

エレベーターの到着を待つ間、どちらも口を開かなかった。

紗絵は考えていることがわかりやすく、なにかに悩んでいる時は極端に口数が少なくなる。

おそらく今は、どうして明司は手を繋いできたのだろうと考えて、思い悩んでいるのだろう。だが、手を離そうとしないところから、嫌がられていないのはたしかだ。

いつもだったらうるさいくらいに「どうして」「なんで」と説明を求めてくる紗絵が、黙ったまま口を開こうとしない。

ロビーに下りてほかの住人とすれ違っても、ぼんやりとなにかを考え込んでいた。時折ため息をつきながらこちらを見ていることに、本人は気づいていないのだろう。

（早く、あの男と別れる決断をしてくれればいいけどな）

紗絵が結論を出すのをただ待つのはけっこうきつい。急《せ》かしたくはないが、紗絵の場合このまま放っておくと、あらぬ答えを出しそうな気がして落ち着かなかった。

紗絵の恋人と顔を合わせたからだろうか。今のままではいけないと誰かに背中を押されている気分だ。

「お前、それ何度目のため息だ？」

明司が聞くと、紗絵の顔が見る見るうちに拗《す》ねたものへと変わる。

「社長のせいです」

「へぇ～俺のせいか」

失礼な物言いにも怒る気にはならない。部下の言葉としてはどうかと思うが、彼女の頭を占めているのは恋人ではなく自分だと思うと、顔が緩みそうになる。

「こんな失礼なことを言っても怒らないなんて、社長って本当にできた上司ですよね。そっか……やっぱり上司だから、なのかな。勘違いかぁ」

彼女の下した結論にぎょっとする。迂闊《うかつ》な紗絵は、思ったことをそのまま口に出しているとは気づいていない。

(勘違いって。こいつ、まさか本気でそういう結論にいくつもりか？)

部下としか思っていない相手を、わざわざ休日にデートに誘うわけがないし、手を繋いで歩くわけもない。なにより、好きになればいい、なんて勘違いさせるような言葉をかけたりしないだろう。

(まったく……なんでこんな面倒くさいのを好きになったんだか)

明司はため息をつきたい気分で、逃げられないように紗絵の手を取り指を絡めた。手の中で彼女の指先がぴくりと震える。ずっと外に立っていたからか、指先も冷たい。

勘違い発言については聞こえていないふりをして、足を止めて紗絵の真正面に立った。

「本当にどうした。熱でもあるのか？」

身体を近づけて、紗絵の額に手を伸ばす。紗絵は逃げもせずに、明司の真意を探るような視線を向けてくる。

「おでこじゃないんですね」

「そうしてほしいなら、期待通りやってやるが？」

「い、いいですいいです！　ちょっと妄想が口から出ちゃっただけです！」

紗絵は慌てたように顔の正面で手を振った。赤く染まった顔と決まりが悪そうに揺れる瞳から目が離せなくなる。素直過ぎる紗絵に煽《あお》られるのはいつものことだ。

（妄想って……そうしてほしかったって言ってるようなもんだろう）

繋いだ手とは反対側の手で紗絵の顎《あご》を持ち上げ、望み通り彼女の額に自分のそれを押し当てる。

すると、紗絵の頬がさらに紅潮し、目の縁に涙が溜まっていく。

そういう反応を見せられるたびに、たまらなく抱き締めたくなるのだといい加減に気づいてほしい。

このまま唇を奪ってしまえればいいのに。そんな欲求に駆られるも、マンションの近くを歩く人の姿に我に返り、身体を離した。

（それにしても、恋人と一緒に住んでるのに、いくらなんでも初心《うぶ》過ぎないか？）

何度となく気に懸かっていたことが脳裏を過《よぎ》る。

男性に対して警戒心の欠片《かけら》もないし、顔を近づけただけで真っ赤になる初心《うぶ》さが恋人と同棲する女性のイメージからかけ離れている。わざとやっているのだとしたら、相当のあざとさだ。

「社長はそうやって数々の女性を落としていったんですね」

紗絵はため息をつきながら、やれやれと言いたげに肩を竦《すく》めた。

それはこちらのセリフだと言いかけて口を閉じる。

まるで自分が軽薄な男のようではないか。誰にどう思われてもいいが、紗絵に軽い気持ちで誘っていると思われるのは心外だった。

「好きな女以外にこんなことするか。勘違いされたら面倒だろうが」

「ずっと言おうと思ってたんですけど、そうやって思わせぶりなことばっかり言うの、やめてください。まるで、私のことが、好きみたいじゃないですか」

紗絵は真っ赤に頬を染めて、ふてくされたように視線を逸らした。

その顎《あご》をもう一度掴み、無理矢理こちらを向かせる。涙のこぼれそうな潤《うる》んだ目で見つめられると、誘っているようにしか思えない。思わせぶりなのはどちらなのか。

「思わせぶりか。はっきりしたいのはこっちなんだがな。俺がお前を好きだって言ってキスしたらどうするんだ。受け入れるのか？　二股をかけられると思ってる？」

急ぐつもりはない。けれど待っているだけのつもりもない。この距離は、一線を越えないように自分が我慢しているからだと、いつになれば気づくのだろう。

「どういう、意味ですか？」

「どういう意味ってまんまだろ。俺は浮気相手になるのは御免だぞ」

「は？」

紗絵は本気でわけがわからないといった顔をして、ぽかんと口を開けた。あまりの間抜け面に気持ちがすっと落ち着いていく。

「とりあえずパトロールするか」

繋いでいた手を離すと、紗絵が明司の手を追いかけるように視線を動かした。そんなあからさまに名残惜《なごり》しそうな顔をするくらいなら、さっさと結論を出せばいい。

マンションの外壁に沿ってゆっくりと一周歩く。途中に怪しい人影はなかった。新たな落書きなどもない。薄暗い通りを歩き、エントランスの明かりが見えてくると、紗絵がふいに足を止めた。

「どうした？」

「あ、いえ……なんでもないです」

あからさまに動揺した紗絵の様子は尋常ではなかった。

紗絵は、見てはいけないものを見てしまったような顔をして、エントランスから目を逸らしていた。

明司は紗絵が見ていた方向に顔を動かし、目を凝《こ》らす。そこにはマンションの前を歩く若いカップルの姿があった。

（あれは……本田の恋人、か）

朝、顔を合わせたばかりの相手を間違えるはずがない。男は女性と仲睦まじげに腕を組んで歩いている。エントランスを抜け、マンション内へ入っていくところだった。

（まさか浮気？　だとしても普通、恋人と住んでる部屋に連れてこないだろう⁉）

出張から帰ったその日に連絡を取る相手はおそらく本命だ。紗絵が見回りに行くと知っていて、男は女性を呼んだのかもしれない。

女性に好かれそうな外見だとは思ったが、そんなクズには見えなかった。だが人は見かけに寄らない面もあるだろう。

ショックを受けている紗絵にどう声をかけようか。泣いてはいないか。明司は紗絵を窺うように横目に見る。

紗絵は予想に反して泣いてはいなかったが、二人から気まずそうに視線を逸らしていた。俯《うつむ》きがちに視線を落としている様子は、疲れ切っているようにも見える。

（まさか公認なのか？）

パトロールが終わったら紗絵はどうするのか。

あの二人がいる部屋に帰れるはずもないのに。

紗絵の気持ちが完全に自分に向くまで待つつもりだったが、あの男が恋人を追い出して別の女を連れ込むようなクズなら話は別だ。

自分の方がずっと紗絵を想う気持ちは大きい。ほかに女がいるなら今すぐ奪っても構わないだろう。たとえあの男に気持ちが残っていたとしても、それごと自分が受け止めればいいだけだ。

明司はふたたび紗絵の手を掴み、指を絡めた。

「社長？」

紗絵が驚いた様子で顔を上げた。

「どうせ家に帰れないんだろ。俺の部屋に来い」

「え……でも」

「行く当てがあるのか？」

「ありません」

紗絵はため息交じりに答えた。

愁《うれ》いを帯びた表情が傷ついているように見えて、紗絵を抱き締めたい衝動に駆られる。明司は繋いだ手に力を込めて、エントランスへ足を向けた。

＊＊＊

紗絵は、明司が玄関の鍵を開けるのを複雑な心境で見つめながら、先ほどまでの会話を反芻《はんすう》した。

マンションの周りを歩いている間も、頭の中は明司のことでいっぱいだった。

(好きな女以外に……って、やっぱり社長は私を好きなんじゃないかって思っちゃう。これはもう告白するべき？)

遠回しではなくはっきりと明司の気持ちが聞きたい。紗絵は、同じことをぐるぐる悩むのは性に合わないのだ。

額を押し当てられた時、自分を見る明司の目が変わった。あれは、仕事中には絶対に見せることのない顔だった。

(キス、されるかと思った)

顎《あご》を持ち上げられて、吐息が顔にかかった瞬間、目を伏せようとした自分に驚いた。

あのままキスをされても構わないと思ってしまった。そのことに気づいて、泣きたくなるほど恥ずかしくなる。

(普通、好きな相手以外に、あんなことしないよね……)

彼の気持ちを確かめなければ、と思った。

だから、思わせぶりな態度はやめてほしいと言った。思い切って、自分を好きなのかと確認もした。あれは紗絵にとって、告白のようなものだったのに。

どこかで行き違いがあったのか、途中から会話が成り立たなくなった。

(結局、好きなの⁉　どっちなの⁉　二股とか……浮気相手になるのは御免って、どういう意味⁉)

わからないことが多過ぎる。

これはもう、膝を突き合わせてきっちりと話し合うしかない。明司がどうして自分を部屋に招いてくれたのかはよくわからないが、紗絵としても都合が良かった。

「ほら、入れ」

「お邪魔します」

紗絵は決意を新たに、挑むような気持ちで部屋に入った。

明司の部屋は角部屋だからか、隣とは造りが違っていた。

同じ3LDKでも誠の部屋よりリビングが広く、東と南側に大きな窓がある。家具はブラウン系で揃えられていて落ち着いた雰囲気の空間となっていた。

リビングと隣り合う和室の障子は外され、小上がりになっている。その下を収納スペースにしているのがなんとも明司らしい。

モデルルームのように整然としているのに不思議と落ち着くのは、住みやすさを第一に考えて空間を演出しているからだろう。

「仕事してる時の顔になってるぞ。わからないでもないが」

「それは……仕方ないじゃないですか。社長の部屋、すごく気になってましたもん。いいですね、この部屋。すごく素敵」

紗絵はリビングをぐるりと見回し、キャビネットの上に懐《なつ》かしい作品を見つけて、思わず声を上げた。明司の気持ちを確かめようと決意していたのに、そのことはすっかり頭の隅に追いやられている。

「うわっ……これ『ずっと住み続けられる家』ですね！　懐《なつ》かしい～！」

紗絵は腰の高さほどのキャビネットに近づき、顔を近づけた。

大学時代に、紗絵が参加した国際コンペ。その最優秀賞作品だった『ずっと住み続けられる家』。家族の形が変わっても、ずっと住み続けられるというコンセプトで造られた立体模型だ。

懐《なつ》かしさと自分が落選した悔しさと、彼への羨望《せんぼう》。当時の複雑な感情が次々と押し寄せてくるが、今となってはいい思い出だ。

「よくわかったな」

明司が隣にやって来るが、紗絵はそちらを見ないまま頷いた。

「もちろんです。たくさん写真撮ったので、今でもたまに見ますよ。私は……この作品と出会えたから、今の仕事をしてるんです」

紗絵は懐《なつ》かしさに目を細めて、笑みを浮かべた。

模型は、内部がよく見えるように半分だけ屋根がつけられていた。屋根には光を取り入れるための大きな窓があり、内部は驚くほどシンプルだ。

ぱっと見は広々としたリビングと個室があるように見えるが、細部までディテールにこだわった造りになっている。

個室はすべて引き戸になっていて、リビングとの間に壁がない。すべての個室の引き戸を開けると大きな一つの部屋になる。さらに、隣り合う個室の壁も引き戸になっているため、二つの部屋を一つにすることもできるのだ。

子どもが小さいうちは両親と一緒の寝室に。大きくなったら一人部屋に、成人して独り立ちしたあとはリビングを広く取れるように考えられていた。

そうして、ずっと長く暮らしていけるようにという願いの込められた作品なのだ。

「私……実は同じコンペに参加してたんですよ。初コンペでしたけど、講師にめちゃくちゃ褒《ほ》められて、受賞できるんじゃないかって自信があったんです。だから落選した時、信じられなかった。それで、優勝者はどんな作品を造ったのか見てやろうって見に行ったんです。悔しかったなぁ……なにもかもが適わないって思い知らされて、心が折れそうになりました」

「折れなかったのはどうして？」

紗絵は模型から、隣に立つ明司に視線を移した。

「折れるわけないですよ」

あの国際コンペから槌谷明司という人について、まるで追っかけのごとく調べまくり、彼の父親が槌谷建設の社長であることを知った。明司自身も大学卒業後は父の会社に身を置くと雑誌のインタビュー記事で読んだのだ。

「こんな作品を造った人が、父親の会社を継ぐって雑誌で読んだんですから。槌谷建設はマンションや大型商業施設の建設ばかりで、個人住宅の設計はしてなかったじゃないですか。こんな才能を世間に見せびらかしておきながら経営とかなんの冗談かと思いました！　私、いつか絶対、この人が造った家を見るんだって夢見てたのに……」

「あぁ……だから『槌谷明司さんに憧れていて、彼が設計する家をいつか見てみたい』だったんだな」

明司がぼそりと呟いた言葉がやたらと大きく耳に響いた。

「どうして、それ」

「お前……緊張し過ぎて、面接の場に俺がいたことに気づいてなかっただろ？」

明司は口元に手を当てて言った。笑いをこらえきれないのか、肩が震えている。そんな明司を紗絵は信じられない思いで見つめた。

「まさかいたんですか⁉　あそこに⁉」

うそでしょう、と目を見開いたまま固まる。当時を思い出そうとしても、自分がどれだけ明司に憧れているか、明司がどれだけすごい人なのか、ファン根性そのままに熱弁を振るったことしか覚えていない。

（うそぉ……あれを……本人に聞かれてたの……？）

憧れの人の前で本人について熱く語るなんて。正直、恋愛感情がバレるよりもよほど恥ずかしいではないか。

「じゃ……ずっと、知ってて」

「まぁな、あれだけ熱烈に褒《ほ》められたのは初めてだったし、俺にとっても、あれはいい転機になった」

「転機？」

紗絵が首を傾げると、真っ直ぐに見つめられ微笑みが向けられる。

「『ずっと住み続けられる家』は、俺が小さい頃に憧れていた家そのものでな。うちは家族仲が悪かったから、いつかこういう家庭を作りたいと思った憧れのイメージを形にした。それを誰かに言ったことはなかったし両親も知らない。それなのにお前に『まるで本当にそこに人が住んでいるみたいだった。そこに住む誰かを想像して造ったたってわかった』なんて言われて、こっちは隠してた内側を暴かれた気分だったんだよ」

明司の両親が不仲であるのは、以前にちらっと聞いた。

言われてみれば、設計の際いろいろな家族の生活を想像しながらも、彼は自分の家族の話はいっさい口にしなかったと思い出す。

「あの頃、父の会社に入ったはいいが、設計とは関係のない雑務に忙殺されて、自分がなにをしたかったのかよくわからなくなってたんだ。本田の言葉があったから、家を造る楽しさを思い出せた」

「もしかして、槌谷建設に住宅、リフォーム部門の子会社ができたのって」

まさか自分が明司への憧れをぶちまけたからだろうか、と言いかけて、とんだうぬぼれではないかと口を噤《つぐ》む。

「そう、あのあと個人住宅向けの設計がしたいと父に頼んだ。そこに本田を配置してくれとまでは言わなかったが、父は察してくれたみたいだな」

驚くことばかりで感情が追いつかない。『ずっと住み続けられる家』を見てから、明司を知りたくなって、追いつけないとわかっているのに手を伸ばすのをやめられなかった。カメラに収めた作品を見るたびに悔しさを噛みしめ、憧ればかりが大きくなる。気づいたら、彼を追いかけて就職まで決めていた。

「うそ……」

「うそだと思うか？」

目の奥がじんと痺《しび》れて、涙が溢《あふ》れてくる。気持ちが言葉にならず、首を横に振った。

今、明司の近くで仕事ができているのが、あの面接のおかげだったなんて思いもしなかった。

「どうして、私を？」

「見たかったんだろ？　俺が造った家。お前に、見せてやりたかった」

珍しく照れたように目を背《そむ》けられ、どうしようもなく嬉しさが込み上げてくる。

紗絵に、見せてくれるつもりだったのか。あの時「見たい」と、そう言ったから。

「社長って……どれだけ私のこと、好きなんですか……」

しゃくり上げながら聞くと、愛おしそうに弧を描いた目に見つめられる。

「俺に負けて悔しいなんて感情をぶつけてきたのは、お前だけだったんだよ」

明司は懐《なつ》かしそうに目を細めて、キャビネットの上にある『ずっと住み続けられる家』の模型を見た。

「前に言っただろ？　父親の仕事の関係で、俺には小さい頃から土台があったって。父親の設計した建物を見る機会は山ほどあったし、学校に通わなくても建築の基礎を勉強できる環境にいたんだ。もちろんそれなりに努力をしてきたし、結果も出した。だが、周囲はそういう目で見ない」

「そういう、目？」

「どれだけ努力をして結果を残したところで、生まれのおかげだと思われる。賞を取れば、父親が裏で手を回してるんじゃないかって言われたしな」

「そんなわけないっ！」

紗絵は思わず、声高に叫んだ。悔しさからか涙が頬を伝い流れ落ちる。そんな風に、彼の作品や努力を冒涜《ぼうとく》するなんて信じられなかった。

「お前なら、そう言ってくれると思ったがな、いい加減、俺をけなされて怒るのはなんとかしろよ？」

指先で頬を拭われ、仕方ない奴だな、とどこか諦めたような顔で髪を撫でられた。

「わかってます……でも」

紗絵だってわかっているのだ。賞賛の声の裏には必ずと言っていいほど妬《ねた》みが存在すると。

紗絵が槌谷明司の設計にハマり、ほかの作品を見られないかと散々調べていた時、賞を取った明司をこき下ろしている個人ブログがあった。明司が言ったように、父親の権力を使った八百長《やおちょう》だと書いてあった。

「父の跡を継ぐために会社に入ったら、誰も彼も俺が結果を出すのは当然だという目で見てくる。なにをしても努力は認められず、仲間だと思っていた奴に失敗を喜ばれたのはきつかった。次第に自分がここでなにをしたいのかわからなくなっていた時に、お前に会った」

「私は……ただ、社長の造った家が見たくて」

「でも、憧れだけじゃなかっただろ？」

「それは当たり前じゃないですか。適わないって思い知らされて嫉妬もしましたし、悔しかったし、絶対に追いついてやるって思いましたよ」

「俺はお前のそういうところが好きなんだよ。これでも感謝してるしな」

好きだと初めて言われたのに、涙でぐしゃぐしゃに濡れた頬では格好がつかない。自分が思っていたよりもはるかに大事にされていたことに今さら気づくなんて。

「もうっ、そんなこと今まで言わなかったじゃないですか！　思わせぶりなことばっかり言って！　私がどんなに悩んだか！」

ついいつもの調子で唇を尖らせると、呆れた顔で笑われた。

「お前が言えない空気にさせてたんだろうが。入社してから今までうっかりミスばかりやらかしやがって。槌谷住宅の創業メンバーとして一緒に働き始めた時は、こんなに手がかかるとは思わなかったよ」

「私だって、憧れた人がこんなドＳ鬼上司だなんて思いもしませんでしたけど？」

「お前、負けん気が強いからな、怒られる方が伸びるって判断した結果だ。一応アメとムチは使い分けてるつもりだぞ。それに、プライベートではかなり優しくしてるよな。前に言っただろ？　好きな女にはとことん甘いって」

「それって……本当に、私のことなんですか？」

とことん甘やかされた覚えがないような気がするのだが。じっとりと疑いの目を向けたからか、しつこいと言わんばかりの声で続けられる。

「何回言わせるんだ。お前以外の誰がいるんだよ」

意志の強い瞳で見つめられると、ぐちゃぐちゃ考えていることがバカらしく思えてくる。憧れでも恋愛感情でもなんでもいい。ただ、紗絵はこの人が好きなのだ。

感情のままに明司の手に頬を擦り寄せると、呆れたようにため息をつかれる。

「どうしてそこでため息をつくんです？」

「俺の気も知らずに、試すようなことばかりするからだろ？」

怒っているのか、呆れているのか。それでも頬に触れた手は離れていかなかった。

目元を拭っていた指先が耳に触れると、くすぐったさに笑みがこぼれる。

「くすぐったいですって……」

「お前、男の部屋に来る意味、ちゃんとわかってるか？」

鼓動が跳ねる。

ここまで言われて、わからないとは言えなかった。

明司に誘われるままついてきたのは、兄と恋人の時間の邪魔をしないためだが、明司と話し合いをするためでもあった。

紗絵の気持ちが固まっていても、どれだけ好きでも、この恋は叶わないと思っていたのだ。紗絵にとって明司は、それだけ手の届かない人だったのだから。

「わかってますけど……私、社長に遊ばれて捨てられるのはいやです。それなら、ただの部下のままでいたい」

「それは俺のセリフだ。俺を選ぶのなら、お前だけを愛してやる。いつかは俺の設計した家に住みたいだろ？　経験値も積めるぞ？」

「魅力的過ぎる……」

明司の設計した家に住めるなんて。うっかり明司の愛の告白をスルーして、どんな家になるのだろうと想像を膨らませていると、指で額を弾かれる。

「なら、そろそろはっきりさせろよ。俺を選ぶと言え。もうあの男の部屋に帰すつもりはないからな」

彼の腕が腰に回されて、両腕で抱き締められるような体勢になる。胸がぴたりと明司の胸部にくっつき、上司と部下ではあり得ない距離感に鼓動が跳ね上がった。

「あ、あの、はっきりって？」

「俺に奪われるんだろう？　二股をかけられるのは御免だ。今すぐ連絡して、あんな浮気男とはさっさと決別しろ」

「えっと、二股とか浮気男とか……なんのことですか？」

本気で言葉の意味が理解できずに聞くと、明司が不機嫌そうに眉根を寄せた。

「さっき見たのはなんだ」

「さっき？」

「お前が一緒に住んでる恋人が、女と一緒にいたよな？　思いっきり動揺してたよな？　だからお前は家に帰れないんだろう？」

ようやくすれ違っていたものの正体が掴めて、今まで明司から告げられた数々の言葉の意味が理解できるようになった。

二股は御免だと言ったのも、はっきりしろと言ったのも、紗絵に恋人がいると思っていたからなのか。思わせぶりに感じた明司の態度は、恋人がいる状態で一線を越えてしまったら、紗絵を悩ませると思ったからではないか。

「あの……あれ、お兄ちゃんです」

「は？　お兄……え？」

明司の珍しく間の抜けた顔を前に、背中を冷や汗が伝う。今までの経験でわかっている。これは怒られる前兆だと。

「だから、お兄ちゃんです！　前に住んでたマンションが取り壊されることになったんですけど、うっかり引っ越し先を探すの忘れてたんです。住むところが見つかるまでの間、兄のところに居候《いそうろう》してます！　兄が一緒にいたのは長年付き合ってる恋人です！　動揺したのは、このあと二人がいちゃいちゃするんだろうなって想像した自分に引いただけなんです！」

なんとか誤魔化せないかと、てへと笑いながら首を傾げた。けれど、明司の額には青筋が浮かんでいて、すぐさま逃げだしたい思いに駆られる。

「うっかり引っ越し先を探すのを忘れるなんてことがあるか！」

「誰かさんのせいで毎日のように残業続きで、引っ越し先を探す時間がなかったんですよ！」

「取り壊しによる立ち退きなら、かなり前に大家から連絡がくるはずだよな？　忘れてただけのくせに俺のせいにするな！」

「はい、すみません……おっしゃる通りです」

平謝りすると、やれやれと疲れたようなため息が耳のすぐ近くで聞こえる。

明司は怒りながらも紗絵を抱き締めたままだ。離すつもりはないと言わんばかりに、腕の力が強くなる。

「なにニヤニヤしてるんだ」

「愛されてるんだなぁって」

「まったく……ほんと適わないよ。お前って怒られても、なんでか気づくと笑ってるんだよな。そういうところは、いつだって可愛いと思ってたよ」

明司の顔が近づいてきて、触れるだけのキスが贈られる。好きな女にはとことん甘い、というのは本当らしい。

「目くらい瞑《つぶ》れよ」

「だって……社長が変なこと言うから。なんか顔赤いですよ？　照れてます？」

甘ったるい雰囲気に慣れなくて、つい茶化すような言葉をかけてしまう。

「キスしてる時に社長呼びはやめないか？　恥ずかしがってるのはお前だろ、紗絵。どれだけ上司として指導してきたと思ってる。慌てたり恥ずかしがったりしてる時早口になるの、自分で気づいてないのか？」

「知りませんっ。さっきまで怒ってたのに、急に甘くなるのやめてください……ってどうして脱がそうとするんですか！」

明司の手がシャツの隙間から入ってきて、背中をそろりと撫でられる。

人数は少ないが一応男性経験はある。だが、明司に対しては過去の経験などまるで役に立ちそうにない。憧れが強過ぎたのか。そういった男性的な欲望と明司がイコールで繋がらないのかもしれない。

彼が自分をそういう目で見ているのだと想像するだけで、心臓が壊れそうなほど激しく音を立てる。

「恥ずかしいのはわかったから耳元で喚《わめ》くな。そろそろ俺を男だと意識してくれよ」

「……とっくにしてるから、恥ずかしいんです」

紗絵が言うと、明司の口元が緩く弧を描く。

身体をひょいと抱きかかえられて、足が宙に浮いた。咄嗟《とっさ》に明司の首に真正面から抱きつき、体勢を保つ。

「ど、どこに?」

「寝室に決まってるだろ」

「なにしにっ」

「野暮なこと聞くなよ」

兄からも同じセリフを聞かされたことを思い出す。自分の想像通りだったことで頭が沸騰しそうなほど恥ずかしい。

真っ暗な寝室に連れていかれ、窓際のベッドに下ろされる。ここ最近で嗅ぎ慣れた明司の匂いに包まれて、気持ちがいっぱいいっぱいだ。きゅっと唇を噛みしめていなければ、また茶化すような言葉が出てきてしまいそうだった。

「口、開けろ」

覆《おお》い被さってきた明司に顎《あご》を掴まれて、上を向かされる。言われた通りに口を開けると、唇が塞がれると同時に舌が差し入れられた。

「ん……っ」

唾液が絡まる音が恥ずかしくて、思わず声が漏れた。

さまざまな感情が溢《あふ》れだし、思考が鈍る。まさか自分が明司とこんなことをするなんて夢にも思っていなかった。

熱い舌がきつく閉じた歯を割り、奥へと入ってくる。舌を絡め取られて、舐《な》め回される心地好さに包まれ、強張《こわば》った身体から力が抜けていく。

(キス……してるだけなのに……なんで)

口腔《こうこう》内で優しく舌を吸われるだけで、腰がじんと痺《しび》れて、身体の奥からなにかが溢《あふ》れそうになる。心が満たされているからなのか、キスだけで淫《みだ》らに昂《たかぶ》ってしまいそうで、そんな自分の身体に動揺し思わず顔を背《そむ》けた。すると逃さないとばかりに顎《あご》を掴まれ、ふたたび深く唇が重ねられる。

「ふ……ぅ……っ」

自分のものとは思えないほど甘ったるい声が寝室に響く。息の仕方を忘れてしまったかのようにはぁはぁと荒い呼吸が漏れる。

優しかった口づけは徐々に荒々しく、貪《むさぼ》るようなものへと変わっていく。きつく舌を吸われ、ざらついた表面を舐《な》め回されると、下腹部が燃え立つほどに熱くなり、甘い疼《うず》きが腰から湧き上がってきた。

「はぁ……は……っ、ん」

気づくと、膝がゆらゆらと揺れて足先がシーツを這《は》い、助けを求めるように明司の腕を掴んでいた。明司の匂いと、与えられる快感に煽《あお》られ、じっとりと全身が汗ばんでくる。足の間が期待に疼《うず》き、たまらないほどの焦燥感《しょうそうかん》に襲われる。

縦横無尽に動き回る舌先が、口腔《こうこう》内をかき回す。溢《あふ》れる唾液を啜《すす》られ、頬の裏や口蓋《こうがい》をぬるりと舐《な》められ、触れられてもいない隘路《あいろ》の奥がきゅんと切なく収縮する。

無意識に目を閉じていたおかげか、恥ずかしさも多少はマシになってきた。ただ、次になにをされるかわからない緊張から、明司に触れられるたびに身体が跳ねる。

シャツを捲《めく》り上げられ、腹部を軽く撫でられただけなのに、立てた膝がびくりと震えてしまう。

「あっ」

「敏感だな。いつもこうか？」

小さく笑われて、目をぎゅっと閉じていても、頬に熱が集まっていくのがわかった。パンツのボタンが外され、ファスナーが下ろされる。てっきりそのまま脱がされると思ったら、下腹部を撫でていた手が下着の中に差し入れられた。

「や……っ」

敏感な部分に直接触れられると、強烈なまでの快感が押し寄せてくる。彼の指先がすでに溢《あふ》れている愛液でぬるりと滑るのがわかった。

「キスだけで感じた？」

「知りません。なんでそんな恥ずかしいことばっかり言うんですか」

紗絵が抗議のために目を開けると、真上にある彼の顔は驚くほどに熱を帯びていた。額は汗に濡れて、先ほどのキスのせいか唇が濡れて光っている。

（この顔は、反則でしょっ）

色気があるにもほどがある。ただでさえ女性を魅了する外見だというのに、余裕のなさを目に宿して愛おしそうに見つめないでほしい。

「紗絵の口から、好きだって聞いてないからな。身体が反応するってことは、嫌われてはいないんだろうけど」

そう言いながら指先が濡れた陰唇をなぞり、恥毛をかき分け敏感な芽を探る。

明司は紗絵の気持ちなどとうにわかっていて、言わせたいだけではないだろうか。

「あ、あ、んっ……そこ、だめ」

腰がびくびくと跳ねると、邪魔だと言わんばかりにパンツを下着ごと引き抜かれた。

暗闇の中でも目が慣れればある程度は見えてしまう。思わず太ももをぎゅっと閉じると、足の間に明司の手を挟んでしまう。

「なに、もっとって？」

「ち、違います」

言葉を交わしながらも、明司の指の動きは止まらない。溢《あふ》れた愛液を指先ですくい取り、くるくると円を描くように淫芽を転がされる。

反対側の手でブラジャーのホックを外され、形のいい乳房がシャツ越しにふるりと揺れた。包み込むように触れながら押し回される。大した刺激でもないのに、中心で色づく実がシャツを押し上げるようにつんと尖り、硬さを増していく。

「もう、勃ってる」

くっと喉奥で笑われ、凝《しこ》る乳首を軽く爪弾かれる。

「はっ、あ」

紗絵はびくりと腰を震わせ、胸元に視線を走らせた。薄いシャツが乳首の形に膨らむ様はひどくいやらしく見えて、身体が焼けつくように熱くなる。指の腹で上へ下へと弾かれると、心地いいのに物足りなくて、直接的な刺激がほしくなってくる。もどかしげに腰をくねらせ、誘うように艶《なま》めかしい声を上げてしまう。

「ん、あ……はぁっ……やぁ」

「あぁ、物足りないのか」

明司はしごく楽しそうな声で言い、シャツを捲《めく》り上げた。そして、血液が凝縮したように色を変えた乳嘴《にゅうし》を掠めるように撫でる。

「気持ちいい？」

紗絵は頬を真っ赤に染めながらも、うっすらを目を開け、軽く頷いた。明司の口が満足そうに弧を描く。

「お前は、好きでもない男に身体を許すタイプじゃないよな」

そう言いながら、乳首を優しく摘まみ、扱《しご》くように動かす。同時に反対側の手で陰核を転がされると、全身の肌が粟立《あわだ》つような鋭い快感が背筋を這《は》い上がってくる。

「当たり前……っ、あぁっ、ま、待って……一緒にしちゃ、そんなの、すぐ」

腰を捩《よじ》って花芽を弄《いじ》る手から逃れようとするが、明司にのしかかられているせいで身動きが取れない。

乳嘴《にゅうし》を摘ままれ、指の腹で転がされると、恥部に与えられる快感も合わさり、胸を突きだすように背中が浮き上がってしまう。

「はぁ、あ……ん、あぁぁっ」

蜜口からは絶え間なく淫水が溢《あふ》れ、明司が指を動かすたびにくちゅ、ぬちゅっと湿った音を立てる。恥ずかしくてどうしようもないのに、彼の手を待ちわびていたように膝が自然と開いていく。

「憧れの相手じゃない。俺を一人の男だと意識しろ」

明司は手の動きを止めて、真剣な表情でそう言った。

そんなの言われるまでもない。男だと意識してしまったから、今、彼とこんなことになっているのだ。憧れだけで終わっていれば、紗絵はまだ部下のままでいただろう。

「意識、してるって言ったじゃないですか……好きに、決まってます。ただ、社長の前だと、どうしていいかわからなくなっちゃうんです。好きとか、簡単に言える人じゃないと思ってたから」

「〝社長〟じゃないだろ?」

「明司さん……」

紗絵が名前を呼ぶと、明司が満足そうに口角を上げた。

憧れが恋愛にならないように、自分の中で線を引いていた。なにかが溢《あふ》れそうになるたびに、憧れという言葉で蓋《ふた》をして、知らないふり、気づかないふりをしていたのだ。

「好きです……明司さんが、好きなんです」

紗絵は真っ赤に染まった頬を隠すように、両手で顔を覆《おお》った。

「知ってる」

そっと両手を外されて、目の前が翳《かげ》る。

唇が塞がれて、貪《むさぼ》るように口づけられた。

「はっ、んんっ」

舌ごと食らい尽くすように舐《な》めしゃぶられ、唾液が啜《すす》られる。

淫芽を弄《いじ》っていた指先を素早く小刻みに動かされると、シーツにしみができるほどの大量の愛液が漏れてしまう。

同時に、乳首を親指で掠めるように動かされ、汗ばんだ手のひらで上下左右に揉みしだかれた。

口の中も、胸も、蜜にまみれたそこも気持ち良くてたまらず、隘路《あいろ》の奥が切なく収縮する。

明司の指の動きに合わせるように、腰が揺れるのが止められない。

「ん、んんっ、ふっ、ぅ……む」

全身が強張《こわば》り、がくがくと震える。口腔内《こうこう》を舐《な》め回されるだけで下腹部がきゅっと疼《うず》き、心地好さが増大していく。肩で息をしながら、縋《すが》りつくように明司の肩を掴んだ。

キスの音なのか、それとも下肢に触れる指先が奏《かな》でる音なのか。そのいやらしい水音にさえ感じてしまう。

すると、微かに笑うような気配がして、羞恥《しゅうち》で潤《うる》んだ目を開ける。唇が離されて、明司の髪が鎖骨を撫でる。彼は見せつけるように舌を突きだし、硬く勃ち上がる乳首をちろりと舐《な》めた。

「は……ぅ……っ」

ゆっくりと乳房を押し回しながら、つんと尖る乳嘴《にゅうし》が彼の口に含まれた。甘い痺《しび》れが胸から全身に広がり、空《から》っぽの隘路《あいろ》が物欲しそうにうねる。

「あ、かしさ……っ、ん、あぁ、あっ、胸、舐《な》めちゃ、や」

乳首をちゅっと強く吸い上げられると、中を弄《いじ》ってほしくてたまらなくなり、明司の手に押しつけるように腰を揺らしてしまう。これほどの快感を紗絵は知らない。まるで、明司の手に全身を作り替えられていくようだ。

「入り口がひくついてる。指を押し当ててるだけで、吸いついてくるみたいだ。昔の男は、よくお前の身体に溺《おぼ》れなかったな」

明司は興奮したように息を吐きだしながら、耳元で囁《ささや》いた。太い指の先端を蜜口に押し当て、入り口を軽く突かれる。指の動きに合わせてぬちゅ、くちゅっと粘ついた音が立ち、指を奥へ引き込もうと媚肉が蠢《うごめ》いた。

「今……っ、まで、こんな風に、なったことない、です……って」

「そうか」

紗絵が途切れがちに答えると、胸から顔を上げた明司が目を瞬《またた》かせ、破顔した。そして、乳輪ごと口に含み、痛いほどにきつく吸われる。じゅっと卑猥《ひわい》な音が響き、押しつけるように胸を浮き上がらせてしまう。

「あぁっ」

感じ入った声が止められない。明司の腕を掴みながら、髪を左右に振り乱す。

左右の胸を交互に舐《な》めしゃぶられて、ゆるゆると花芯を撫でられる。背筋が震えるほどの気持ち良さが迫《せま》り、何度も腰が跳ね上がる。

「反応が可愛い」

涙に濡れた目をうっすらと開けると、愛おしげに微笑まれる。それがどうしようもなく幸せで、この気持ちをどうにか言葉にしたいのに、口を開けば嬌声《きょうせい》ばかりが漏れてしまう。

「あっ……ん、はぁっ、明司さ……っ」

明司の舌と手に翻弄《ほんろう》され、全身からくったりと力が抜けていく。

しとどに溢《あふ》れた愛液で陰核がぬるぬると滑る。指の腹で押しつぶされ、捏《こ》ねられると、強烈な快感が押し寄せてくる。

「はぁ、あ、あっん、ぐりぐり、しないで……っ」

硬く凝《しこ》った花芽をくりっと指先で摘まれ、引っ張り上げられた。あまりに強烈な刺激が脳天を突き、首を仰《の》け反《ぞ》らせて悲鳴のような声を上げる。

さらに中がじわりと濡れる感覚がして、下腹部の奥をぎゅうっと締めつけられるような狂おしい快感が腰から迫《せ》り上がってきた。腰がびくびくと跳ねるのを止められず、あられもない声が引っ切りなしに漏れる。

「ひぁっ、あ、んんっ」

指の腹で花芽を押しつぶされ、捏《こ》ね回される。気持ちいいのに物足りなく思うのは、この先にもっとずっと深い快感があると期待しているからだろうか。

指の動きが激しさを増し、粘ついた愛液がくちゅくちゅと卑猥《ひわい》な音を立てる。隘路《あいろ》の奥が切なく疼《うず》き、なにかが迫《せ》り上がってくる。肌が総毛立ち、切羽詰《せっぱつ》まったような甲高い嬌声《きょうせい》が口を衝《つ》いて出る。

「あぁ、あ、ん、ひぁ、あっ、あ」

早く達したくてたまらず、紗絵は自ら腰を揺らし、彼の手に恥部を擦りつける。

「はっ、も……もうっ」

指先をぬるぬると滑らされるたびに、隘路《あいろ》の奥が切なく疼《うず》いてしまう。髪を振り乱しながら、明司の肩にしがみついた。

「達《い》きたい？」

紗絵は必死にこくこくと頷いた。

その反応に満足したのか、明司が嬉しそうに笑みを浮かべる。

離れた唇を追いかけるように塞がれると、じわじわと迫《せ》り上がってくる絶頂感はますますひどくなり、涙がぼろぼろと溢《あふ》れてくる。

「気持ち良くて泣くのも可愛いな」

恍惚《こうこつ》とした声をかけられ、濡れた頬を舌先ですくい取られる。次の瞬間、隘路《あいろ》をかき分け指が中へ入ってきた。

太く長い指が抜き差しされ、じゅぷじゅぷと愛液の泡立つ音が引っ切りなしに響く。羞恥心《しゅうちしん》すら感じられなくなると、あとはもう溺《おぼ》れるだけだ。

「あぁぁっ」

満足げな声が漏れて、背筋が弓なりにしなる。媚肉を擦り上げながら、長い指が奥へ奥へと入ってくる。むず痒《がゆ》かったところをかいているような心地好さが迫《せま》り、耐えがたいほどに全身が昂《たかぶ》る。

もっと激しく擦ってほしくて、もっと奥をかいてほしい。そんな欲求に応《こた》えるように、淫《みだ》らにうねる媚肉が彼の指をしゃぶり、吸いつくような動きで奥へ引き込もうとする。

「はぁ、ふ、あぁっん」

「早く、ここに入りたい」

興奮しきった声で囁《ささや》かれて、指の根元まで突き挿《い》れられた。中を埋め尽くす指を媚肉を広げるように動かされると、泡立った愛液がぬちゅ、ぐちゅっとさらに粘ついた音を立てる。

「んんっ、あ、も……挿《い》れて」

腰をびくびくと震わせながら途切れがちに訴える。

知っているはずなのに、明司から与えられる快感は自分の知るそれではなかった。指で蜜襞を擦られるだけで全身が蕩《とろ》けてしまいそうになるなんて。このままではすぐにでも達してしまう。だから挿《い》れてとねだっているのに、明司はからかうように目を細めて、指を激しく抜き差しした。

「ひぁぁっ……や、だ……だめ、それっ」

紗絵は背中を波打たせながら、髪を振り乱し、切羽詰《せっぱつ》まったよがり声を上げた。

「今、挿《い》れたら、すぐ持っていかれそうだからな」

蜜口を激しくかき回され、気持ちのイイ部分を探るように動かされた。ある一点を指の腹で擦り上げられた瞬間、背中が跳ね上がり、目の前で火花が散る。

「ここか」

感じやすい部分をごりごりと擦られ、同時にぬるついた指先で陰核を優しく撫でられた。

「あ、あ……そこ、やぁっ……ん、あぁっ」

紗絵は首を仰《の》け反《ぞ》らせながら、悲鳴じみた声を上げて身悶《みもだ》えた。全身がどろどろに溶けてしまいそうなほどの強烈な愉悦《ゆえつ》が迫《せま》り、なす術《すべ》もない。眉を寄せて、肩で息をしながら荒々しい息を吐きだす。陸に上がった魚のように全身がびくびくと震えていた。

「あぁっ、は……んっ、も、だめ……い、くっ」

明司は親指で淫芽を捏《こ》ねながら、うねる蜜襞を指全体で擦り上げる。

花芽の表と裏側を同時に弄《いじ》られる快感に耐えきれず、紗絵の限界はすぐにやって来た。

腰ががくがくと震えて、ひときわ強く彼の指を締めつける。手を伸ばし明司の腕を押さえた瞬間、頭の奥でなにかが弾けた。

「――っ！」

声も出せないまま、首を仰《の》け反《ぞ》らせて絶頂に達する。

「あ、はぁ……はっ……あ」

びくりと腰が大きく跳ねて、つま先がぴんと張った。全身が硬く強張《こわば》り、収縮する内壁が男の指をしゃぶり尽くそうと蠢《うごめ》く。

全身から一気に力が抜けると、自分が呼吸を止めていたことに気づき、深く息を吸った。動いてもいないのに全速力で走ったあとのように汗が噴きだして、目を瞑《つぶ》ったら眠ってしまいそうなほどの脱力感に襲われる。

（セックスって、こんな感じだったっけ）

過去の男性とのセックスで達した経験がないのだと気づき、なんだか明司との行為がほかの誰とも違う特別なもののように感じる。

（違う……明司さんは最初から、特別な人だった）

恋人がいたことはあったけど、明司ほど夢中になれる人はいなかった。

この気持ちが恋愛ではないと思っていないと、抜けだせなくなりそうだったから、必死に否定していただけ。

「明司さん……大好き」

紗絵は腕を伸ばし、明司に抱きつきながら告げた。

「お前……セックス中は素直だな」

「普段は明司さんが怒ってばっかりなんだから、仕方ないです」

シャツを頭から引き抜かれて裸にされる。ほとんど裸のようなものだったから恥ずかしさはさほどないけれど、自分だけがこの状態なのは悔しい。

「それは悪かった。恋人の時間にうんと甘やかしてやるから、許せよ」

「じゃあ、明司さんも脱いでください」

「あぁ」

ワイシャツのボタンを上から一つずつ外し、ベルトを引き抜く。一度も見たことのない逞《たくま》しい胸元が露《あら》わになると、自然と喉が鳴った。この人に今から抱かれるのだと想像するだけで、甘い期待で身体の奥が疼《うず》く。

明司はベッドの引き出しから、避妊具を取り出し、無造作に枕の近くに置いた。

ズボンの前を寛《くつろ》げると、すでにいきり勃った状態の欲望が飛び出し、その大きさに息を呑む。性器の大きさは身体の大きさに比例するのだろうか。思わずそう考えてしまったほどに、明司のものは大きかった。

「ほんと、なにを考えてるのかわかりやす過ぎるんだよ」

明司はからかうように笑いながら、避妊具を手に取った。

「だって……凶器ですよ、それ」

「大丈夫。俺たち、相性はいいはずだ」

「なんの根拠があって？」

「キスだけで勃つ相手と、相性が悪いわけないだろ」

紗絵に向ける優しげな微笑みの中に、余裕のなさが窺えた。

なにより、腹につきそうなほど雄々しく勃ち上がった彼のものは、すでに先端から蜜を垂らしていて、膨れ上がった陰茎は血管が浮きでている。

そして、同じように紗絵もまた、明司と繋がれることを心待ちにしていた。

「早く……挿《い》れて」

明司は避妊具の袋を破り、片手で装着する。

「お前ってほんと……いちいち俺のツボを突いてくるよな」

まったく、と言いながらも明司は嬉しそうに表情を緩めた。

両手を伸ばすと、片方の手に指を絡ませられた。開いた足の間に腰を入れて、濡れそぼった蜜口に怒張《どちょう》を押し当てられる。

「身体の力、抜いてろよ」

「ん」

先端がめり込み、ぐちゅっと愛液が泡立つ音が響く。思っていた以上に大きな屹立《きつりつ》に貫かれ、怖いほどの刺激が腰から湧き上がってくる。

「あぁぁっ」

明司の手をぎゅっと握りながら衝撃に耐えていると、楔《くさび》の先端が最奥《さいおう》に到達する。指の届かないところまで愛しい男のものに満たされる心地好さに、軽く達してしまいそうになる。下腹部がきゅっと疼《うず》き、思わず中を締めつけると、狂おしげな息遣いが明司の口から漏れた。

「……っ」

ゆっくりと腰を引かれ、また押し込まれる。

「はぁっ、あ」

とんとんと軽く突かれただけなのに、下腹部が甘く疼《うず》き、首を仰《の》け反《ぞ》らせて喘《あえ》いでしまう。

「これ、一番奥……痛むか？」

「はぁ、はっ……へ、いき……です」

紗絵は深い呼吸を繰り返し、腰が震えるような快感をやり過ごそうとした。だが、亀頭の張りだした部分で蜜襞を擦り上げながらゆっくりと引き抜かれると、去ったはずの絶頂感が押し寄せてくる。

「あ、ん、んっ……だめ、そこ……また」

指で探し当てた感じやすい部分を狙うように腰を突き挿《い》れられた。亀頭の尖りでごりごりと擦られ、媚肉ごと巻きこむように引きずり出される。愛液が泡立ち、ぬちゃ、ぐちゃっと飛沫《ひまつ》を上げた。汗ばんだ肌の触れ合う感覚にすら反応してしまう。

「あぁ、あぁぁっ、も……そこ、ばっかり」

「気持ち良くないか？」

「気持ち、い、けど……っ」

このままではすぐに達してしまう。紗絵はいやいやと首を振り、縋《すが》るように明司を見つめた。

「いいなら、このまま感じてろよ」

ゆっくりだった腰の動きが徐々に速さを増し、目眩《めまい》がするほどの快感を続け様に与えられる。うねる隘路《あいろ》が男の陰茎に絡みつき、さらなる快感を得ようと蠕動《ぜんどう》する。

「あ、あっ、だめ……そこ、だめ、なのっ」

容赦のない律動が繰り返され、開いた膝ががくがくと震えた。だめだと何度言っても、彼の抽送《ちゅうそう》は止まらない。全身が総毛立ち、紗絵は恍惚《こうこつ》と天を仰ぐ。

「あぁっ、はっ、明司さっ、待って」

「一回達《い》かないと無理」

全身を揺さぶられ、腰をがつがつと叩きつけられる。繋いだ手と、触れ合った肌が汗で滑る。ぬるりとしたその感触にまで感じてしまいそうになった。

「ん……奥、擦っちゃ……だめ、あ、はぁ……はっ」

奥だめ、奥だめ、と譫言《うわごと》のように繰り返すと、宥《なだ》めるような口づけが贈られた。

「なんでだめ？」

耳元で囁《ささや》かれると、それだけでぞくぞくとした痺《しび》れが腰から生まれ、新たな愛液が溢《あふ》れだした。

「また……すぐ、気持ち良く、なっちゃう……っ、から」

「気持ち良くなって、何度でも達《い》けばいいだろ」

先ほどのような深い絶頂に何度も達したら、今度こそおかしくなってしまいそうだ。

「だって……怖い……っ」

涙に濡れた目をうっすらと開けて明司を見つめる。すると、興奮しきった目を向けられて、足を抱え直された。

「お前……っんとに、可愛いな」

「や、あ、だめ……って……待って」

紗絵がいやいやと首を振っても、律動は止まらない。むしろ、徐々に腰を穿《うが》つスピードが速まり、鋭い快感が引きも切らずに押し寄せてくる。

「あぁあぁっ」

ごりごりと削《けず》り取るような動きで媚肉を擦られると、気持ち良くてたまらず明司の肩にしがみつきながらあられもない声を上げてしまう。

柔襞を擦り上げられるたびに、泡立った愛液がぐちゅ、ぐちゅと卑猥《ひわい》な音を立てた。その音にすら煽《あお》られて、淫《みだ》らな声が止められなくなっていく。

「中が、うねってる……俺も、気持ちいいよ」

艶《なま》めかしい声で囁《ささや》かれると、その声に反応して下腹部がきゅんと疼《うず》く。丸みを帯びた先端で最奥《さいおう》を擦り上げられ、腰がびくりと跳ねた。

「はぁ……あぁぁっ、ん、あっ」

彼のものがますます大きく膨れ上がる。繋いだ手を離されると、両足を外側から掴み、さらに容赦のない律動で責め立てられた。

「ひ、あぁっ……も、だめ……む、り」

紗絵は腰を波打たせながら、啜《すす》り泣くような声を漏らした。重苦しい快感が絶え間なくやって来て、意識が遠退きそうになる。それなのに身体は彼を渇望《かつぼう》し、もっともっととほしがってしまうのだから、たちが悪い。

「そうか？　紗絵のここは嬉しそうに俺のをしゃぶってるけどな」

「気持ち、過ぎて……無理ぃ……っ、溶けちゃう」

悲しくもないのに涙がぼろぼろとこぼれて、頬を伝う。

明司は楽しげな笑みを漏らし、ますます抜き差しを速めていく。

「ははっ、男冥利《みょうり》に尽きるな」

脈動する男の怒張《どちょう》がはち切れんばかりに膨らみ、明司の口から漏れる息遣いもまた、興奮で荒々しさを増していく。

「も……んっ、達《い》き、たい」

手を伸ばして、彼の腕を掴む。達《い》かせて、と懇願するような目を向けると、明司が乾いた口元を軽く舐《な》めた。

「そうだな、一緒に達《い》こうか」

彼の腰の動きに合わせて、ぐちゅ、ぬちゅんと淫音が響く。泡立った愛液が結合部から流れ落ち、シーツを濡らしていった。

臀部《でんぶ》が濡れる不快さにも気づかないほど追い詰められていく。

「お前……ここ、くりくりって回すと、いい反応してたよな」

「あぁっ、あ……そこ、だめ、だめ、なの……あぁぁっ」

張りだした先端で淫芽の裏側を擦り上げられ、同時に存在を主張し赤みを帯びた淫芽を指先で転がされた。その間も腰をずんずんと叩きつけられ、うねる媚肉を削《けず》り取るような動きで穿《うが》たれる。

「もう、ほら……ぬるっぬる」

花芽から離した手を、紗絵の目の前に翳《かざ》される。

「やだ、ってば、ひどい、サド」

「お前に罵《ののし》られると興奮する」

明司はくっと笑い声を漏らし、ふたたびぬるついた指先を足の間に滑らせた。

「ばかぁっ……はぁ、ん、ん……達《い》っちゃい、そ……っ」

ぐっしょりと濡れた花芽は軽く指で転がされただけで芯を持つ。指の腹で淫芽を押しつぶされくにくにと押し回されると、蜜口から大量の蜜が溢《あふ》れだす。

同時に、滾《たぎ》った陰茎をぎりぎりまで引き抜かれて、恥毛が触れ合うほど奥深くに突き挿《い》れられた。体内にある彼のものを搾《しぼ》り取るような動きで媚肉が蠢《うごめ》き、怒張《どちょう》を締めつける。

「もっと、あぁっ、そこ……い、く……」

全身から力が抜けて、蕩《とろ》けてしまいそうなほど気持ちいい。本能のまま彼を求めてしまう。

「あぁ……俺も……っ」

彼の額から流れ落ちた汗が胸元に飛び散る。茶化してはいたが、言葉ほどの余裕はないようだった。明司は腰を押し回すような動きで、さらに激しく最奥《さいおう》を突き上げる。

「はっ、ん、ん……だめ、達《い》く、達《い》く……も……っ」

本能のままに喘《あえ》ぎ、がくがくと全身を震わせる。開けっぱなしの口からは唾液が溢《あふ》れて、顎《あご》を伝い流れ落ちた。それを恥ずかしいと思う余裕さえない。

下肢からはぐちゅ、ぬちゅっと愛液の弾ける水音が絶え間なく響く。絶頂の波がすぐそこまで迫《せ》り、全身が総毛立った。

「ひぁぁっ！」

紗絵は背中を弓なりにしならせながら、呆気なく絶頂に達した。痙攣《けいれん》するように腰がびくびくと震えて、頭の奥で激しい鼓動が鳴り響く。

つま先がぴんと張り、泡立った愛液がぴしゃりと弾けると、ひときわ強く彼のものを締めつけてしまう。

「は……っ」

息を詰めた明司がぶるりと腰を震わせて、最奥《さいおう》で熱い飛沫《ひまつ》を弾かせる。びゅくびゅくと溢《あふ》れる彼の精を避妊具越しに受け止めながら、紗絵は全身から力を抜いた。

荒々しい呼吸を繰り返し、ぼんやりと宙を見上げる。明司と目が合い、微笑みが向けられる。

「疲れたか？」

彼が腰を引くと共に、陰茎がずるりと抜けでていく。その感覚にさえ鋭敏な身体は反応を示してしまう。

「待って……まだ」

紗絵は足を絡ませて、明司を引き留めた。

動きが止まると安堵の息が漏れる。

「ん?」

今、動かれるのは正直きつかった。ただそれだけだったのに、口元をにやりと緩めた明司は新しい避妊具を取り出し、パッケージを破いた。

「期待には応《こた》えないとな」

「ち、ちが……そういうことじゃ」

さっさと使い終えた避妊具の後始末をして、ふたたび覆《おお》い被さられる。

「じゃあどういうことだよ。いいだろ、恋人になった初日なんだから。俺が好きだよな?」

「好き、ですけど……体力が」

「もっと、蕩《とろ》けるくらい、甘やかしてやるよ」

「ん、んんっ」

唇が塞がれて、反論の言葉ごと呑み込まれてしまう。それでもまぁいいかと思ってしまえるのだから、自分は大概にしてこの人に溺《おぼ》れているのだろう。


シーツに身を沈ませていると、どこからか振動音が伝わってくる。

おそらく兄からの電話だろう。スマートフォンを取りたくても、ベッドから手を伸ばせる位置に鞄を置いていない。気づかないふりをしてこのまま眠ってしまってもいいのではないか、という誘惑に駆られた。

「スマホ、鳴ってないか？」

明司がベッドから身体を起こし、床に置いたバッグを手にして戻ってくる。

「ほら」

「ありがとう、ございます」

掠れた声で礼を言うと、乱れた髪をくしゃくしゃに撫でられた。

紗絵はのそのそと身体を起こし、鞄に手を突っ込むと、スマートフォンを取り出した。明司は鞄を床に戻してくれる。

「お兄ちゃんだ」

「あぁ、恋人が帰ったから戻ってきていいって電話か？」

「たぶん」

帰らなければ、と思うのに、身体がだるくて起き上がる気力が湧かない。

(あ、でも明司さんに泊まっていいなんて言われてないや)

隣に帰す気はないなんて言っていたが、それは誠が兄だと知らなかったからだ。ならばいつまでもここにいるわけにはいかない。

仕方ない、とため息を一つつき、電話に出ようとすると、横からスマートフォンを奪われる。

「明司さん？」

「俺が出る」

「え……」

どうして、と聞く前に、明司は通話ボタンをタップしてしまう。

「はい」

明司は隣に半裸のまま寝転がると、紗絵の身体を抱き込むようにして話し始める。距離が近いため、誠の声も丸聞こえだ。

『あれ、俺、間違えた？　すみません』

「いえ、あってますよ。紗絵の番号です。今朝、会ったのを覚えてますか？　隣に住んでる槌谷です」

『えぇ、もちろん……どうしてあなたが？』

「紗絵さんとお付き合いすることになりまして、その報告と、あなたと同じ理由でそちらに帰せそうにないというご連絡をと思いまして」

明司がそう話すと、電話の向こうに沈黙が落ちる。

情報量が多過ぎて混乱する兄の気持ちが手に取るようにわかった。しかし、すぐに立ち直ったのか、一言「そうですか」と呟く声が聞こえる。

「紗絵に変わりましょうか？」

『いえ、いいです。気まずいですから』

「わかりました。朝帰すつもりですが、明日の夜、ご都合がよろしければ、一度ご挨拶《あいさつ》に伺わせてください」

『そうですね。では、遅くて申し訳ないのですが二十一時頃でお願いできますか？』

そのあと、一言二言、言葉を交わして電話を切ると、スマートフォンが返された。

「聞こえてただろ？」

「はい。明日の夜、お兄ちゃんに会うんですよね」

「あぁ、両親にはそのうち挨拶《あいさつ》に行くが、同棲の許可を取るなら、今、一緒に暮らしてるお兄さんの方がいいだろ」

「同棲？」

明司の腕の中できょとんと聞き返すと、呆れたような目で見つめられる。

「いやか？　私生活でも上司といるような気分になるって言うなら、考えるが」

彼が上司なのは変わらないのに、仕事とはまったく違う甘さを与えられたからか、不思議と気詰まりは感じなかった。

それに紗絵は、上司としての明司を嫌っているわけではない。

むしろ憧れと尊敬があったからこそ、ドSだとか厳しいとか理由をつけてこれ以上好きにならないようにしていただけだ。

「私、明司さんと一緒にいるの、好きです。でも明司さんこそ、私生活でまでこんなに手のかかる女の面倒を見るの、いやじゃないですか？　後悔しません？」

交際して半日も経っていないのに、明司の判断は早計過ぎる気がした。

仕事では何度も下調べをして慎重に事を進める彼が、勢いのまま同棲を決断するなど意外でしかなかった。

「たぶん私、明司さんが思ってるよりずっと、私生活もだめだめですよ？」

仕事では気を張っている分ミスも少ないが、紗絵の私生活はひどいものだ。お風呂に栓《せん》をしないで給湯器のスイッチを入れていたり、ゴミの日を間違えたり。洗剤を入れないで洗濯機を回すこともしょっちゅうだし、トリートメントをつけたまま風呂から上がってしまうことさえある。

恋人としての明司は、上司の時とはまったく違う顔を見せてくれたけれど、それは付き合い始めたばかりで、気持ちが盛り上がっているからではないだろうか。

「嫌われるの……いやだなぁって、思うんです」

紗絵は恐る恐る明司の顔を窺い見た。

仕事では紗絵がどんなにうっかりミスを起こしても、明司がすかさずフォローしてくれる。けれど、プライベートでもそれが続けば、いついやになってもおかしくはない。その時怒られるだけならいい。彼にもう無理だと思われてしまうのが怖かった。

「お前の私生活がどんなものかなんて簡単に想像がつくぞ？」

「えぇ、うそですよっ」

見たことないくせに、という目で見つめると、明司の視線がベッドの脇に移る。

「ほら、あれ」

明司が指差した先にあるのは、自分が脱いだパンツと下着、それにシャツだ。

「なにか、ありました？」

「下着、表と裏、逆に穿いてただろ。触ってる時に縫《ぬ》い目があるからおかしいと思ったんだが、言う雰囲気でもなかったしな」

「えっ」

そんなわけない、とは言えないのが心苦しい。急いでいる時、ストッキングを前後ろ逆に穿いてしまうことはしょっちゅうだし、下着も然《しか》り。出かける前に鏡でチェックし掛け違えたボタンを直すことも頻繁《ひんぱん》にある。

「俺にしか見えない部分は問題ないだろ、誰に迷惑をかけるわけでもないんだし。そうじゃない時は、ちゃんと教えてやるよ」

宥《なだ》めるように額に口づけられると、よけいに不甲斐なさが増す。

「俺は、そういうところも含めて、お前との生活を楽しめるんじゃないかと思ってる。上司と暮らすからって、紗絵が気を抜けない生活を強《し》いられるよりは、いつもみたいにやらかしてくれてた方がずっといい。それに、俺の面倒見がいいのは知ってるだろ？」

「それは……はい。でもそんな風に甘やかされたら、どんどんだめになっちゃいそうです。明司さんがいないとなにもできなくなったらどうするの？」

「仕事は困るが……プライベートはそれでいいよ。とことん可愛がって、甘やかしてやるから。ってことで寝る前に風呂に入ろう」

「え、えぇっ……怖いんですけどっ」

急に抱き上げられて、足が宙に浮いた。本日二回目のお姫様抱っこである。

紗絵は明司の首に抱きついて、なるべく下を見ないようにした。

洗面所で下ろされ、バスルームのドアが開けられる。紗絵は裸で、明司はズボンと下着だけを身につけた格好だ。

明司が手早くズボンを脱ぎ、紗絵の手を引いた。バスルームの造りは兄の部屋と同じらしい。明司は給湯器のスイッチを押し、バスタブに湯を張る。

シャワーのコックを捻《ひね》ると、温度を確かめ身体にかけられた。

「熱くないか？」

「はい、平気です」

「洗ってやるから座って」

「はーい」

紗絵は言われるまま、バスチェアーに腰かけた。

何度も明司を受け入れた身体は気怠《けだる》く、すでに太ももの内側が痛み始めている。歩くたびにぎくしゃくとした動きになりそうだ。

「お前ってそういうところは素直だよな。甘え上手なのか」

「だって、嬉しいですもん。明司さん、甘やかしてくれるって言ってたし」

シャワーの湯を頭にかけられて、上を向いて目を瞑《つぶ》った。明司の指が頭皮をマッサージするように動かされる。

「気持ちいい。あとで明司さんの髪も洗いましょうか？」

「俺はすぐ終わるからいいよ。髪が長いと大変だな」

シャンプーが泡立てられ、指先で髪を梳《す》かれる。あまりの気持ち良さに眠ってしまいそうになると、目にかからないようにシャンプーを洗い流された。

「身体洗うから、まだ寝るなよ」

ボディソープを泡立てたタオルが肌の上を滑る。明司の手で触れられているわけではないのに、優しい手つきがくすぐったく、紗絵は笑いをこらえられない。

「あ、かしさっ、くすぐったいっ」

「我慢しろよ。さすがにきついかと思って、俺も我慢してんだから」

「なにをですか？」

「なんでもない。ほら、腕上げて」

バンザイの体勢を取ると、胸から腹部にかけて洗われる。

自分で洗っていてもなにも思わないのに、タオルが乳首の上を滑ると、思わず反応してしまいそうになり、慌てて口を閉じた。

「……っ」

下腹部から太ももの上を洗われる。太ももの内側に触れられると、先ほどまでの快感の名残《なごり》で蜜口がきゅんと甘く疼《うず》いてしまう。

「明司さん……なんか、手つきがやらしい、です」

「お前がやらしい想像してるからだろ？」

背後で明司がくっと声を詰めて笑う。

タオル越しでも、好きな人に触れられて感じてしまうのは、仕方がないではないか。

「だって、さっき……やらしいことばっかり、するから」

「どうする？」

「なにが……ですか」

紗絵が艶《なま》めかしい吐息を吐きだしながら言うと、直《じか》に太ももに触れられる。紗絵が先を望めばしてやる、とこの男は言っているのだろう。

わからないふりをしても、おそらくバレバレだ。

「触ってほしいか？　それとも、風呂に浸《つ》かってもう寝るか？」

紗絵は明司の腕を掴み、両足で挟み込む。彼の指が陰唇に触れると、すでに蜜を垂らしていたそこがぬるりと滑った。

「触って、ください。してくれたら、もっとぐっすり眠れそう」

身体から力を抜き、明司にもたれかかる。

明司の顔が近づいてきて、唇が優しく触れると、身体の中に指が入ってきた。

「ん……っ、はぁ」

腰をびくりと揺らし、彼の指を締めつける。

バスルームに紗絵の嬌声《きょうせい》が甘く響く。

紗絵は眠りに落ちる瞬間まで、彼の腕の中で甘やかされ続けたのだった。

第七章

翌日、朝早くに隣の部屋に戻った紗絵は、手早く身支度を整えて明司の部屋に戻った。全身をチェックされ、掛け違えたボタンを直される。

「寝ぼけて着替えるから間違えるんじゃないか？」

「すみません」

ボタンを丁寧に外され、下から留められる。紗絵が謝ると、指を止めて相好《そうごう》を崩した明司に髪を撫でられた。

「謝らなくていい。私生活なら、いくらでも俺が世話してやる」

顔が近づき、唇が軽く重なった。ちゅっと音を立てて顔が離れていくと、どうしようもないほどの愛おしさが湧き上がってくる。

「はぁ……好き」

腰に腕を回して、胸元に顔を寄せるが、抱き締め返されることはなく頭をぽんと撫でられただけだった。

「いつものところで朝飯食っていくだろ。もう出るぞ？」

いつもよりも三十分は早い時間。

今日からは、明司と一緒に出かけることになるのだ。

「あとこれ、なくすなよ？」

明司が引き出しからなにかを取り出して、紗絵の手のひらに握らせた。

渡されたのは、この部屋の合い鍵だった。

「嬉しい……ありがとうございます」

紗絵はキーケースに合い鍵をつけて、バッグにしまった。これから一緒に暮らすのだと思うと、口元がにやけてしまい、嬉しさを隠しきれない。

「なに笑ってんだよ。行くぞ」

「はーい」

靴を履いて、駅に向かう途中にある喫茶店に入った。今日もそれなりに混雑していて、若い女性店員に出迎えられる。

「お二人様……ですか？」

「はい」

紗絵が笑みを浮かべて頷くと、女性店員に睨《にら》まれた。

わかりやすい人だ。先日、紗絵が一人で来店した時は睨《にら》まれなかったということは、明司と一緒にいることが気に食わないのだろう。それを態度に出すのはどうかと思うが、気持ちはわかる。

（ただ……この人、どっかで見たことあるような気がするんだよね）

この店に来るのは初めてではないし、女性店員とも何度か顔を合わせている。その時の印象が残っているだけかもしれない。

席に座り、二人分のモーニングを注文する。明司はまるで気づいていないようだが、女性店員の視線はずっと彼だけに向いていた。

（でも、鈍い人じゃないから、気づいていて知らないふりをしてるのかも）

明司見たさに、槌谷住宅にアポイントを取る客もいるくらいだ。そういった相手をいちいち相手にしていたら身体がいくつあっても足りないのだろう。

五分も待たずにモーニングセットが運ばれてきた。お待たせいたしました、と声をかけられるが、女性の目はまったくこちらを見ていない。

あからさまだな、と思いつつも、接客態度が悪いというほどでもないため、気づかないふりをした。悪意には鈍感であれ、と自分に言い聞かせる。

「大丈夫か？」

女性店員には気づかれない程度の声で明司が聞いた。

やはり彼は女性が意図的に紗絵への態度を変えていることに気づいていたようだ。当然、彼女からの好意にも気づいているだろう。

「はい、もちろん」

紗絵が頷くと、手の甲で頬をそっと撫でられた。いい子だと言わんばかりに笑みを向けられて、思わず彼の手に頬を擦り寄せてしまった。

「誘うなよ」

「ちょっとすりすりしただけじゃないですか。それだけで誘われちゃうんですか？」

周囲に聞こえないように声を潜《ひそ》めているが、明司の手が頬に触れた辺りから突き刺さるような視線を感じる。

「恋人にそんなことされたら、誘われるに決まってるだろ」

もしかしたら、家を出る前に抱きしめ返してくれなかったのも、誘われてしまうからだろうか。

「明司さんから触ってきたくせに」

「俺から触るのはいいんだよ。ほら、食え」

口を尖らせて言うと、にやりと笑った明司に玉子焼きを差しだされて、口を開ける。

「いただきます」

甘やかすと言った通り、昨夜から甲斐甲斐しく世話を焼かれ、それにどっぷりと浸《つ》かってしまっている自分がいた。

昨夜、バスルームでもひとしきりいちゃいちゃしたあと、明司がぐったりした紗絵の髪をドライヤーで乾かしベッドに運んだ。

風呂で何度か達したあとだけに眠くてたまらず、彼にされるままだったが、好きな相手にだけ甘いのは本当らしいと実感することとなった。

「早く食わないとおかわりできないぞ」

今日のモーニングプレートは和食だ。こうして日替わりでメニューを変えてくれるところも、明司がこの店を気に入っている理由なのだろう。

「はい」

玉子焼きと焼き鮭、きんぴらが綺麗に盛りつけられ、味噌汁とご飯がセットになっている。トーストと同様に、味噌汁とご飯のおかわりは自由だ。

「毎日ここで食べるんですか？　余裕がある時は朝ご飯くらい作りますよ？」

ご飯を片手に聞くと、胡乱《うろん》な目を向けられた。

「お前、料理できるのか？」

「それ絶対に聞かれると思いました」

拗《す》ねたように睨《にら》むと、悪いと苦笑が返される。わりと本気で聞いていたらしい。

「得意ではないですけど、塩と砂糖を間違えたことはないです」

「じゃあ、なにをやらかしたんだ？」

「料理の途中で洗濯物が終わったから干しに行って、ＩＨをつけっぱなしにしちゃうとか？　噴きこぼれてる音で気づいてよかったです」

「揚げ物の時はやめてくれよ？」

「さすがに揚げ物の時は離れませんよ！」

「わかったわかった。じゃあ、今度一緒に作るか」

「はい。なんか、一緒に暮らしてるって感じがして、嬉しいです」

「まぁな。おかわり頼むか」

おかずを半分ほど残してご飯を食べ終えると、明司が女性店員を呼んで二人分のおかわりを頼んでくれた。

残さず綺麗に食べ終えて、食後のお茶を飲む。そろそろいい時間だろう。

「時間だな」

「ごちそうさまでした」

当然のように明司が会計に立つと、レジを打つ女性店員にまた睨《にら》まれる。財布を出さない女だとでも思われているのだろう。

彼の部下だからだ、なんて知らない相手に説明する義理もないが、いい気分はしない。明司にだけは満面の笑みで対応しているのがわかるからよけいに。

店を出ると、明司に手を取られた。それだけで少し落ち込んでいた気分が浮上するのだから恋とは現金なものだ。

「あの店、気に入ってたんだが……ほかを探すか。あの態度はさすがに見過ごせない」

「あの人……娘さんなんでしょうか」

「厨房《ちゅうぼう》にいる親父《おやじ》さんを〝お父さん〟って呼んでいたから、そうだろうな。悪かったな、俺のせいで。居心地悪かっただろ」

「私は、明司さんといられるなら、別にいいですよ。明日から作りましょうか？」

「そうだな。帰りに買い物して帰るか」

「はい！」

駅まで手を繋いで歩き、改札を通るタイミングで離された。

ほんの一ヶ月前は、明司とプライベートを一緒に過ごすことなど考えられなかったのに、自分の気持ちの変わり様が不思議でならない。

会社に着いてからは仕事モードに切り替えようと思っていたのに、紗絵がうっかり彼を「明司さん」と呼んでしまい、同僚に付き合っていることがたった一日でバレた。

けれど、明司はそれすらも想定していたようで、ただ苦笑するばかりだった。


二十時前に明司の部屋に帰り、買ってきた惣菜をテーブルに広げた。

夕食から作ろうかと思っていたが、昼休みにそれを伝えると「だから無理をするなと言っただろう」と苦言を呈《てい》されてしまったのだ。

朝食用の野菜や果物、パンといった食料を冷蔵庫にしまったところで、玄関の鍵を開ける音が聞こえてくる。

「おかえりなさい！」

「ただいま」

つい先ほど「お先に失礼します」と言って別れた明司を出迎えるのも妙だが、一緒に暮らすのならこれが毎日のことになるのだ。

「本当に夕飯を作らなくてよかったんですか？　お惣菜買って来ちゃいましたけど？」

「あぁ、仕事が終わるのがこの時間なんだから、無理して夜まで作ることはないだろ。食べたらお兄さんの部屋に行くか」

「そうですね」

手を洗ってテーブルにつき、二人で手を合わせた。

「ついでに明日着る服とか、化粧品とか持って来いよ？　ほかのは週末に運ばせてもらえばいいから」

惣菜を皿に取り、食べながら言葉を交わす。

「そういえば私、まだ引っ越したあとの段ボール箱を片付けてないんですよね。そのまま運んじゃっていいですか？　あと、倉庫に冷蔵庫とか預けっぱなしですが、どうしましょう」

「思い入れのある物じゃないなら売るか処分だな。ほかは俺が片付けを手伝うから、休日にまとめてやるぞ」

「わかりました」

急いで夕食を食べ終えて、歯を磨く。

時計を見ると、約束の二分前だった。

明司はスーツのままで、紗絵も仕事から帰ってそのままの格好で部屋を出て、兄の部屋のインターフォンを鳴らした。

ドアが開けられ、誠と明司が互いに会釈《えしゃく》を交わし、その場で名刺交換が始まる。

誠もいつもだったら帰ってすぐに部屋着に着替えるのに、今日はスーツのまま待っていてくれたらしい。

明司をリビングに案内し、ダイニングテーブルを前に並んで座った。紗絵が飲み物を用意しようとしたのだが、誠に「俺がやるから座っておけ」と止められる。

妹の恋人と二人きりにされるのが気まずいのもあるだろうし、紗絵がなにかやらかさないかの心配もあるのだろう。

ソファーに座って待っていると、紗絵の好きな紅茶がテーブルに置かれる。

「改めまして、槌谷と申します。紗絵さんと付き合うことになりましたので、今日はそのご報告と、一緒に住む許可をいただきたいと思いましてお邪魔しました」

「一緒に住む。紗絵と？」

「ええ、いずれは結婚したいと考えております」

結婚したい、なんて昨夜は言っていなかった。その言葉にぎょっとしていると、誠も紗絵と同じような顔をして明司を見つめていた。

「結婚……本気で、紗絵と？」

「お兄ちゃん！　なんで二回聞いたの⁉　しかもそんな信じられないって顔しなくてもいいでしょ！　私だって驚いてるけど！」

交際一日目で同棲し、いずれは結婚したいと告げられるとは思ってもみなかった。嬉しいけれど、兄と同様に驚いてしまうのも当然だ。

「だって……お前、そりゃ驚くだろ」

誠が言うと、明司が紗絵に向かって口を開く。

「お兄さんはわかるが、どうして紗絵まで驚くんだ。一緒に暮らそうって言ったんだから察しろよ」

「いや、無理ですって。もちろん嬉しいんですけど、驚きますよ」

そうは言いつつも、明司が将来まで考えてくれることに浮かれてしまう。

恋愛や結婚なんて自分には遠い未来だと思っていたが、この人の家族になれるのだと考えるだけで様々なビジョンが浮かんでくる。

想像の中にいる自分は、彼の作品である『ずっと住み続けられる家』に住んでいて、そこには子どももいた。

「……あの、槌谷さん」

誠が居住まいを正し、改めて明司に向き直る。

「はい」

「妹を引き取ってくれるなら願ってもないことですが、紗絵はいろいろやらかす天才と言ってもいい奴で。そんなんでもやっぱり家族ですから、極々たまには可愛いと思うこともあります。ただ他人のあなたが一緒に暮らした時、妹をどう思うかが心配です。やっぱりいらないと突き返されても困りますし」

「お兄ちゃん……けっこうひどい」

紗絵が口を挟むたびに、兄に黙っていろという目で見られる。

「上司として六年面倒を見てきたので、だいたいの性格は把握してますし、私はどちらかと言えば、手のかかる女性ほど可愛いと思うタイプのようなので、呆れて途中で放りだしたりはしません。お兄様の心配はごもっともですが、認めていただけないでしょうか」

「同棲も結婚も紗絵が決めることですから、反対はしません。私もそろそろ結婚を考えていたので、もらっていただけて良かったです」

誠はそう言って頭を下げた。

「え、お兄ちゃん、そうなの!?」

「まぁな。お前の家が見つかってからと思ってたから、ちょうど良かった。妹が隣に住んでるとか、かなり微妙だけど」

「それも追い追い解決すると思いますので、今しばらくご辛抱ください。そのうち、ご実家にも挨《あい》拶《さつ》に伺います」

「ええ、妹をよろしくお願いします」

「紗絵。二、三日分の荷物をまとめてうちに運ぶから、用意してこい」

「あ、はいっ」

紗絵は借りていた部屋に戻り、クローゼットから普段使う服や下着を取りだし、ボストンバッグに詰めていく。マンションから運んだ段ボールは、まだ部屋の端に積み上げられたままだ。洗面所と行ったり来たりしながら化粧品なども詰め終え、急いで明司の待つリビングに戻った。

「あ、お兄ちゃん、合い鍵は返しておいた方がいいよね？」

用意したバッグを明司が隣の部屋へ運んでいる間に、キーケースから誠の部屋の鍵を外す。

「そうだな。槌谷さんはああ言ってたが、万が一いらないって突き返されたら、帰ってきてもいいからな。彼女には言っておくし」

「もう、不吉なこと言わないでっ」

紗絵が叫ぶと、兄に声を立てて笑われた。

「じゃあ、段ボールは週末に取りに来るね」

「あぁ、わかった。槌谷さんにあまり迷惑かけるなよ？」

ぽんぽんと頭を叩かれると、なにやら感慨深い思いが芽生えてきて、涙が込み上げてくる。

「泣くなよ。ほんとやめてくれ、恥ずい」

誠に背中をぐいぐい押されて、玄関から追い出される。「じゃあな」と軽く言われると、涙が引っ込んだ。

玄関の外で待っていたらしい明司が、赤くなった紗絵の目元を指先でなぞってくる。なにも言わずにくっと笑われると、結婚式でもないのに感極まった自分が恥ずかしくてならない。

「もう……笑わないでください」

「可愛いと思っただけだ。ほら、帰ろう」

「はい」

明司の部屋に帰ると、自分の部屋になってまだ一日しか経っていないのに、不思議とほっとする。

「着替えないのか？」

「ちょっと休んだらにします」

ソファーにもたれかかったまま言うと、スーツのジャケットを脱いだ明司が隣に腰かける。

「明司さん……あの、さっきの。いずれ結婚したいって本気なんですか？」

「冗談で結婚を口にするわけないだろう」

「お兄ちゃんがいたから聞けなかったんですけど、そんな簡単に決めちゃっていいんですか？」

仕事ではあんなに慎重な人なのに、紗絵との付き合いに関してはやたらと決断が早い気がする。

それをずっと不思議に思っていた。なにか理由があるのだろうか、と。

「簡単になんて決めてない。あの面接から六年だぞ。お前が俺の気持ちに気づくずっと前から好きだった。本当はお前がもっと仕事に慣れて、俺と対等に話せるくらいになってから距離を詰めようと思ってたんだ。じゃないとお前、鬼上司からの告白をどうやって断ろうか悩む羽目になっていただろうからな」

「じゃあなんで今だったんですか？」

「男と一緒に暮らすと聞いて、柄にもなく焦っただけだ」

明司はぷいと目を逸らした。その横顔は照れているようにも見える。

「え……男とって、まさかお兄ちゃん⁉」

「もういいだろ、この話は」

紗絵が恋人と同棲していると勘違いしても、諦めずにいてくれたのか。紗絵は明司の肩に頭をのせて目を閉じた。

すると、肩にのせた頭をぐいっと押し戻されて、明司が立ち上がる。

「風呂入ってくる。今日はやることがあるから、先に寝てていいぞ」

「あ……はい、仕事ですか？」

「ちょっとな」

彼は紗絵の頭を軽く撫でると、背を向けてバスルームへ行ってしまった。

(甘えたい気分だったのにな……でも仕事ならしょうがないか)

今日は兄との約束があるため、早く帰ってきてくれたのだ。仕事を持ち帰ったのかもしれない。それなら邪魔をするわけにはいかない。そう思っていても、寂しさは残る。

(いちゃいちゃしたかったな……まさか、釣った魚には餌《えさ》をやらないタイプですか……なーんて、餌《えさ》ばっかり与えられてる気がするけど)

紗絵は彼の背中を見送り、ソファーにごろりと横になった。軽く目を瞑《つぶ》ったつもりがそのまま寝入ってしまい、起きた時には一時間以上経っていた。

いつのまにか身体に毛布が掛けられている。

(うわ、ヤバい……もう十一時じゃん。早くお風呂入らなきゃ)

同居早々にやらかすところだった。ソファーで寝ているだけまだマシだが、仕事から帰り、玄関でそのまま寝てしまうようなところを見せれば、呆れられてしまうかもしれない。

(うっかりやらかさないようにしないと……っ)

慌てて毛布を寝室に置きに行くが、そこに明司の姿はなかった。どうやらまだ仕事中のようだ。

紗絵が風呂から出てきても、明司が書斎から出てくる気配はなかった。

一緒にベッドに入れないのは寂しいが、明日も仕事だ。夜更かしは厳禁である。

(明司さん、おやすみなさい)

紗絵は、右側のスペースを空《あ》けて、ベッドに横になったのだった。

第八章

明司と同棲して数週間。初夏の陽気を感じさせる季節になった。

二人暮らしはまったくと言っていいほどストレスがなく快適だ。

明司は仕事を持ち帰ることも多く、時折部屋にこもってしまうが、それ以外はとことん可愛がると言った通り紗絵を甘やかしてくれる。

結婚してもこんな生活が続けばいいな、と夢を見てしまうくらいには、順調過ぎる交際が続いていた。

今日は、仕事のあとに由美子と食事をする予定で、明司には帰りが遅くなると伝えてあった。

最近はパトロールのおかげか落書きがされていることもなく、組合の見回りは縮小されている。

それもあって、延ばし延ばしになっていた食事会をすることにしたのだ。

帰る時に暗い場所を通らなくて済むよう由美子がこちらまで来てくれることになり、待ち合わせの店も駅から徒歩数分の場所だった。

民家にしか見えないが、ＢＡＲと手描き風に書かれた看板が店の脇に置かれている。

入り口横にある階段を上《のぼ》り、重厚なドアを開けると、所狭しと酒の並ぶ棚が見えた。店内にはカウンターと二人掛けのテーブル席がいくつかあり、こぢんまりとした印象だ。平日だからか客の入りは少ない。

すでに由美子は来ていたようで、カウンター席に座り、こちらに向かって手を振ってくる。

紗絵は手を振り返して、由美子の隣に腰かけた。

「お待たせ。こっちまで来てくれてありがとう」

「ううん、別に大して遠くないしね。今日は仕事早く帰れたんだ？　残業にならないかってはらはらしたよ」

時刻は十九時半。友人と約束があると言ったら、明司が早く帰してくれたのだ。

「ちょっとだけ残業しちゃったけどね」

「へぇ〜恋人になった社長が、都合つけてくれたってわけね」

「まぁ……そうだけど」

紗絵はカウンターの向こうに立つスタッフにカクテルを注文して、おしぼりで手を拭いた。若干の決まりの悪さがあるのは、友人に散々上司である明司への憧れを語っていた恥ずかしさからだ。

「その上司次第でくっつくと思ってはいたけど、ずいぶん時間かかったよねぇ。憧れてるけど、恋愛感情はないとか意味わからなかったし。恋にならないように必死になってるようにしか見えなかったもん。でもさ、その日のうちに同棲ってどういうこと？」

いろいろ突っ込まれるだろうと覚悟していた紗絵は、明司との馴れそめを一から報告していく。デートに誘われたこと。思わせぶりな言葉に翻弄《ほんろう》されたこと。兄を恋人だと勘違いしていたこと。

「じゃあ、社長は、その面接の時からずっと紗絵のことが好きだったたってわけ？」

「そうみたい」

自分で言うとさらに恥ずかしさがある。まさか明司が六年も自分を想ってくれていたなんて、いまだに信じがたいものがあった。

「まぁ六年も待たせてたんじゃ、すぐ同棲、結婚ってなるのも当然か。つか、お兄さんを恋人だと思ってたとか笑えるね」

「同居人は兄だって言った気が……いや、うっかり忘れてた気も。でも、兄妹そっくりってよく言われるんだけどね」

「そっくりだよ～。でも一緒に暮らすって聞いたら、恋人だって勘違いするのはわかるけど」

「明司さんも、思い込みが激しいタイプだったのかな？」

「いやいや紗絵ほどじゃないでしょ」

由美子は呆れたように顔の前で手を振った。

「まぁ良かったよ。社長のそばで仕事ができるだけで幸せだから！　とか、わけわからないこと言い続けなくて。ところでさ……落書きの件は解決したの？」

由美子はグラスの半分ほどになったカクテルを追加で頼むと、やや声を潜《ひそ》めて言った。

「まだ犯人は捕まってないんだけど、組合がパトロール強化してくれたから、今のところ被害は一度だけで済んでるみたい」

酔っ払いのいたずらだったのだろうというのが、組合を含む大多数の意見だった。自分の名前が書かれていた点については、やはり同姓同名のアイドルの名前だったのだろう。

紗絵個人を攻撃したと考えるよりも、アイドルの行き過ぎたアンチが酔った勢いで落書きをしてしまったと考える方が現実的である。

「ふぅん、ならいいけど。社長さんは、それについてはなんて言ってるの？　っていうか、今日出てくるのよく許してくれたね？」

「え、あー」

紗絵が言葉を濁《にご》したことで察したのか、由美子の眉が吊り上がる。

「あんた、まさか言ってないの？」

「う、うん」

「なんで⁉」

「なんでって……うーん、最初は私に恨みを持った人がいるかもって思って怖かったけど……心配ついでに仕事を休めとか言われるのがいやだったんだよね。まぁ明司さんといろいろあって、忘れてたってのもあるけど」

「仕事……って、あんたそんなに仕事が大事？」

新しいカクテルグラスが由美子の前に置かれた。由美子はそれを受け取ると、軽く口を湿らせ、呆れたように言った。

「大事に決まってるよ」

「あーはいはい、わかってる。社長のそばで働けることが幸せなんでしょ。でも、もうただの上司と部下じゃないの。結婚が決まった恋人同士なんだから、そういうことはちゃんと言わなきゃだめだよ。そばにいたのに知らされてなかったなんて、逆の立場で考えたらショックでしょ？」

「逆って……もし、明司さんが誰かに恨まれてたらってこと？」

「そう。それで紗絵にはなにも知らせず、一人で悩んでたら？　どうして言ってくれなかったのかって思うでしょ」

「そんなの……思うに決まってるよ……」

紗絵はグラスを両手でぎゅっと握りしめて、テーブルに視線を落とす。

「あんたほんっとに、社長さんのこと好きよね。たとえなんだから泣きそうな顔しないでよ。だからまあ、ちゃんと言った方がいいよって話。終わったことだとしてもね」

「うん、わかった」

どうして言わなかったのか、と怒られる気はするが、言わずにバレた時の方が恐ろしい。報・連・相を怠《おこた》るなといつも口を酸っぱくして注意されているのだから。

（由美子の言う通りだ。今日帰ったら言おう）

紗絵もドリンクのおかわりを注文し、二時間ほど話をしたところで店を出た。久しぶりだから話し足りなかったが、明日も仕事だし無理はできない。

「こっちまで来てくれてありがとう。今度は、由美子の家の方に行くね」

「わかった、待ってる。じゃあ、気をつけて帰って」

紗絵は改札まで由美子を見送ったあと、明司にこれから帰るとメッセージを送った。

それなりに歩く人の姿はあるが、さすがに二十二時を過ぎると商店街の店はほとんど閉まっている。紗絵は足早に歩きながら、シャッターの閉まっている喫茶店の前を通った。

あれからこの店には行っていない。たまに駅構内にあるサンドウィッチ店で朝食をとることもあるが、ほとんど二人で作っている。

マンションのエントランスが見えてくると、その明るさにほっとした。そこでちらりと自転車置き場の方へ視線を向けたのは、警戒心からだった。

もう被害がなければいいが、そう思いながら足早に歩いていると、自転車置き場の少し手前に、人影があることに気づいた。

(誰か……いる?)

暗過ぎて顔はまったく見えないが、一人は髪の長さや背格好から女性らしく、もう一人は体格から見て男性のようだ。

(なんだろう……けんか?)

女性が声高に叫んでいるような雰囲気があって、穏やかではない。

だが、続いて聞こえてきた男性の声は、自分のよく知ったものであると気づく。

(明司さん?　なにしてるの?)

明司はこちらに背を向けて立っているため、表情まではわからない。女性の表情は暗くてよく見えなかった。

知り合いかと思ったが、住人と仕事帰りに偶然ばったり会って立ち話をしているといった雰囲気ではない。

（え……どうして）

会話の内容までは聞こえないが、明司が必死に女性になにか言っているように見えた。

紗絵は声をかけることもできず、呆然とそれを見ていた。その場に縫《ぬ》い止められたかのように足が動かない。

女性はその場から立ち去りたいのか、じりじりとあとずさりしている。どこか怯《おび》えているようにも見えた。

しばらくすると、女性が身を翻《ひるがえ》した。明司は、それを引き留めるように後ろから彼女の手を掴む。

「明司さん……っ」

思わず、紗絵は叫んでいた。

ハッとしたように、明司がこちらを振り返り、驚愕《きょうがく》の表情を見せる。

「部屋で待ってろ！」

紗絵に向かってそう言う明司の隙をついて、女性が彼の手を振りほどき走り去っていく。そして、なぜか明司もそのあとを追いかけていった。

（部屋で待ってろって、私に言ったんだよね……どうして？）

紗絵は呆然と立ち尽くしながら、自分が今見た光景はいったいなんだったのかと考えた。彼女のあとを追いかけた明司が、紗絵に部屋で待てと言った理由は。

（なんか……別れないでくれって、必死に縋《すが》りついてるみたいに見えた。もしかして、明司さんに会いに来た元カノとか？）

違う、そんなはずはない。明司にどれだけ愛されているかわかっているじゃないか。

そう思うのに、信じようとしても疑う気持ちが消えない。ここに紗絵がいるのに、どうして別の女性を追いかけていったのかと、胸が切なく痛む。

結婚を前提になんて言ったくせに。とことん可愛がると、甘やかしてやると言ったくせに。

過去の清算をしていなかったのか、と苛立つ。

きっと理由があるはずだ。自分の誤解に違いないと考えているのに、彼女の手を強く引く彼の姿を思い出すと、とても冷静ではいられなかった。

（だって……明司さんのあんなに焦った顔、見たことない）

紗絵はその場からゆっくりと立ち去り、来た道を戻った。

部屋に戻れと言われたけれど、どんな顔をして明司と会えばいいかわからなかった。もしも朝まで戻ってこなかったらと考えると、さらに怖くなる。

このまま明司と顔を合わせたら、二股は御免だと言ったくせにと、彼を責めてしまいそうだった。

（ちょっと、冷静になってから帰ろう）

今は、なにもかも悪い方に考えてしまいそうだ。

一度ああいう光景を見てしまうと、普段気にしていなかった明司の行動まで怪しく思えてくる。

たとえば、ここ最近、仕事だと言って書斎にこもっていたのは、あの人と連絡を取っていたからかもしれない、なんて。

兄の部屋の合い鍵は返してしまったし、行く当てなどない。

どこをどう歩いたのか、ＢＡＲの看板が目に入る。どうやら由美子と飲んだ店まで戻ってきてしまったらしい。

なにか言われるかもしれないが、とりあえず腰を落ち着けたくて、階段を上がって店のドアを押す。

「いらっしゃいませ」

カウンターに立つスタッフは先ほどと同じ人だった。彼は軽く目を瞠《みは》ったものの、穏やかそうな笑顔で紗絵を迎え入れてくれた。

「すみません、あまり強くないカクテルをお願いします」

「では、ファジーネーブルやカシスオレンジはいかがですか？」

「じゃあ、ファジーネーブルで」

紗絵はカウンター席に腰かけ、注文を済ませた。

浴びるほど酒を飲んで先ほど見た光景など忘れてしまいたい気分だったが、翌日も仕事だと思うとそれもできない。

紗絵は迂闊《うかつ》だしミスも多い。けれど仕事には真摯《しんし》に取り組んできたつもりだ。酒を飲み過ぎて仕事に影響が出るなんてことは絶対にしたくなかった。

カウンターにカクテルが置かれて、一口含む。オレンジの酸味とピーチの濃厚な甘さがほどよく混ざり合い、アルコール度数も低めで飲みやすい。

紗絵はロンググラスをカウンターに置き、ため息をついた。

脳裏に先ほどの光景が浮かぶたびに、不快な感情が湧き上がる。胸をかきむしりたいほどの苛立ちと焦り。捨てられるのではないかという恐怖。

(私……建築家じゃない明司さんのことは、ほとんど知らないんだなぁ)

彼がこれまで、どんな女性とどんな風に付き合ってきたかなんて、考えたこともなかったし、知る必要がないと思っていた。

紗絵にとっては建築家である彼がすべてだったから。

女性に手を伸ばす明司を見て、紗絵の中に初めて焦りが生まれた。

あれだけモテるのなら自分よりよほど恋愛経験は多いはずで、それなりに上手《うま》く遊んでいそうだと思ってはいた。ただ、自分が思っていた以上に、彼の過去の女性を感じさせる存在を目《ま》の当たりにしたショックが大きかっただけだ。

想像してしまった。自分に触れるように、あの人にも触れたのかと。彼女のことも紗絵と同じように甘やかしたのかと。

明司が何度も言っていた、「俺を一人の男だと意識しろ」という言葉を思い出す。

意識していたつもりだった。恋人になれて嬉しかったし、結婚の話をされて彼との将来に胸が熱くなった。

けれど、あの女性に嫉妬して初めて、恋心とはかくも自分勝手なものなのだと思い知った気がする。

いやだと思った。たとえ過去であっても、彼に触れられるのは自分だけでありたいと。建築家としての彼の才能を、たくさんの人に見せびらかしたいと常々思っていたのに、そんな気持ちとは真逆の感情にただただ戸惑った。

ちびちびカクテルを空《あ》けていると、バッグの中からスマートフォンの振動が伝わってくる。相手はきっと明司だろう。部屋で待ってろと言われたのに、紗絵が部屋にいなかったから、心配して電話をかけてくれたに違いない。

(今は……怒られるのも、責められるのもいやだなぁ)

ぷつりと振動が止まる。だがすぐにまた鳴りだした。早く帰らなければと思うのに、重い腰はなかなか上がらなかった。

そうこうするうちにラストオーダーの時間になってしまった。平日のため、二十三時には店を閉めてしまうのだという。

支払いをして店を出ると、重い足取りでゆっくりとマンションまでの道のりを歩く。だが、そう時間もかからずに到着してしまった。

(帰って寝なきゃ。明日は前田さんと打ち合わせだ)

けれど、明司と同じベッドに入ることが憂鬱《ゆううつ》だった。建築家としての彼は心底信頼していても、恋人の彼のことはまだ信頼できていないのかもしれない。

彼女を追いかけたあとどうなったのか。

それを考えると、不安に苛《さいな》まれる。

そこにいるはずもないのに、つい先ほど明司と女性が立っていた場所に視線を向けてしまった。

（え……いる？　なんで？）

ここからでは顔まで見えないが、背格好からたしかに先ほどと同じ女性が駐輪場の陰に隠れていた。

（一人でなにをしてるの？）

紗絵は足音を立てないように女性に近づいた。自分よりも美人だったらへこむくせに、どんな女性なのか見てみたいという好奇心に勝てなかった。

しかし、近づくにつれ、そのあまりに異様な光景に考えを改めた。

（は……？）

女性は壁に向かって立っているが、ビニール袋のようなものを持ち、手には軍手を嵌《は》めていた。さらに、よくよく見ると、もう片方の手にはスプレー缶のようなものを持っているではないか。

瞬間的に、組合からの書類に書かれていた壁の落書きや不審火の件が頭を過《よぎ》る。

（うそでしょっ！）

あの女性が事件と無関係だとは思えなかった。

もしかして、さっき明司が女性の腕を掴んでいたのは、元カノとの恋愛トラブルではなく、単に怪しい女性を捕まえようとしただけなのではないか。本当に自分の早とちりによる勘違いの可能性が濃厚になってきた。

(うわぁ……またやっちゃった……?)

思い込まずに確認を怠《おこた》るなといつも言われているというのに、これはまたかなり怒られるのではないかと頭を抱えたくなる。

そんなことを考えている間に、女性は持っていたスプレーを壁に向かって放射した。

(どうしよう……どうしようっ……とりあえず警察……ええと、何番? 警察って何番だっけ? 一一九……って違う!)

パニックになりながらも、紗絵は音を立てないようにスマートフォンを取り出し、警察へ連絡をする。

『もしもしどうしました。事件ですか? 事故ですか?』

「も、もしもし……あのっ、今、マンションの壁に落書きをしてる人がいまして……っ」

『場所はどこですか? 住所がわからなければ、近くにある建物を教えてください』

「えぇと……住所は……」

住所がすぐに出てこなかったのは、ここに住んでまだそう時間が経っていないからだ。

咄嗟《とっさ》に前の住所を言おうとして、落ち着けと震える手をぎゅっと握りしめた。なんとか思い出した住所を告げて現在の状況を説明し、すぐに向かうという言葉を信じて電話を切った。

(とりあえずやめさせなきゃ。相手は、女の人一人だし)

自分の理解が及ばない女性の行動は怖いけれど、ここで自分がなんとかしないと逃げてしまうかもしれない。そう思い足を踏み出す。

「なにしてるのっ⁉」

紗絵が叫ぶと、女性はびくりと身体を震わせて、持っていたスプレー缶を地面に落とした。辺りに金属と石がぶつかるかんっという甲高い音がして、紗絵の足下にスプレー缶が転がってくる。

驚いた女性が逃げようとした……はずだった。

「うぇっ⁉　え、え、なんで⁉」

そのあとを追いかけて、後ろからのしかかる計画だったのに、女性は紗絵と目が合うなり、なぜかこちらに向かって走ってくるではないか。

（なんで⁉　どういうことっ！）

また考えなしだと怒られる。こんな時なのに頭を過《よぎ》るのは、明司からの罵声《ばせい》だ。女性がずんずんと大きく手と足を振って歩いてくる様は、ぞっとするほど異様だ。

逃げないといけないのに、恐怖のあまり一歩も足が動かない。へたり込みそうになるのをなんとかこらえていると、ずいっと目の前に女の顔が近づいてきた。

「ようやく会えたわ」

ようやくとはどういうことだろう。まるで紗絵が来るのをここで待っていたような言い草だ。

（でも、なんだろう……この人、どこかで……）

彼女をどこかで見た覚えがあった。ここ最近何度も目にしたような。

「あ、なた……田中、響子、さん？」

化粧の濃い顔と着慣れていない紺色のスーツ。明司に会いたいがために会社に来た冷やかし客だ。強烈な印象に残っていたものの、たった一度会っただけの相手の顔はすぐに出てこなかった。

「ここで、なにをしてるんですか？」

けれど、頭の奥になにか違和感のようなものがこびりついている。

最近もどこかで会ったことがあるような——そう考えていると、女性から声をかけられた。

「あなたに、あの人のそばから消えてほしくて」

「……っ！」

落書きに自分の名前があったのは、やはり紗絵への恨みだったとわかりショックを受ける。

だが、彼女に恨まれる理由に心当たりはない。田中と自分が関わったのは、仕事で一回のみだ。

(あの人って、もしかして……狙いは、明司さん？)

彼女が明司に執着しているのは、ヒアリングをしてすぐにわかった。彼女が紗絵を恨む理由があるとしたら明司と交際していることくらいだろう。でも、どうして彼女がそれを知っているのか。

「これは全部、槌谷さんのためよ。あなたみたいな人と付き合ったら絶対に後悔する。きっとすぐに目が覚めるわ。私の方がずっと、あの人のことを見てきたんだから」

田中は紗絵をきつく睨《にら》みながら、淡々と言った。

やはり彼女は、紗絵と明司の交際を知っているようだ。けれど、田中と話した時は、まだ明司と交際する前だったし、それ以外で会った覚えも話した記憶もない。

田中から会社に電話があり、同僚が漏らした——とも考えたが、いくらなんでもあり得ないだろう。

それなのに彼女は、まるでどこかでずっと見ていたような口振りだ。その度を越えた執着と、自分の行いを正義と疑っていない得意気な表情にぞっとした。

とりあえず警察は呼んだし、自分はそれまでこの女性をここに引き留めておけばいい。紗絵は拳《こぶし》を握りしめ、毅然《きぜん》と女性に立ち向かう。

「明司さんのためって、どういうことですか？」

「だってあなた、槌谷さんがいるのに浮気してるじゃない！　ただの部下ってだけであの人と付き合えたくせに、同じマンションの住人と浮気するなんて最低だと思わないの⁉　だからここに住めなくしてやろうと思ったのよ」

「浮気？」

紗絵は暗闇の中、目を凝《こ》らして、壁に書かれた落書きに視線を送った。

そこにあったのは意味をなさない罵《ば》詈《り》雑《ぞう》言《ごん》の嵐だったが、その中に自分の名前が書かれていた。

（私の名前がわかったのは、ヒアリングの時名刺を渡したからか）

田中は浮気と言った。明司が勘違いしたように、この人も兄といる自分を見て関係を誤解したのかもしれない。そうだとしても、許されることではないが。

おそらく、誤解だと言っても聞く耳を持たないだろうし、根底にあるのは明司と交際している紗絵への恨みである以上、彼女の気持ちは晴れないだろう。

（どうしよう……早く、警察来てよ）

焦りばかりが募《つの》る。これ以上、話を長引かせるのも難しい。

とりあえず、浮気というのは誤解だと言ってみようか、そう考えた時、彼女がスーツのポケットからなにかを取り出した。じゅっという音と共に暗闇の中にオレンジ色の火が灯る。

目を凝《こ》らして見ると、田中の手にあるのは市販品のライターだった。そういえば落書きだけでなく不審火もあったと聞いた。それも彼女の仕業だったのか。

「ちょっと！　だめだよ！」

紗絵は田中の手からライターを奪おうと手を伸ばした。だが、田中はライターを持ったまま、腕をがむしゃらに振り回す。

「うるさい！」

ビニール袋に入ったスプレー缶が壁にぶつかり、がんがんとけたたましい音を立てる。

(ちょっと、ああいうスプレー缶って火気厳禁じゃなかったっけ⁉)

もし引火したらと考えて、血の気が引いた。

早く田中を止めなければ、紗絵にはその考えしかなかった。

タイミングを計ってライターに手を伸ばした瞬間、耳のすぐ近くで聞き慣れた怒声が聞こえた。

「お前はなにをしてるんだっ！」

直後、強い力で身体が後ろに引かれ、入れ替わるように大きな身体が前に出る。

「明司さん⁉」

驚いている間に、明司は田中の腕を捩《ひね》り上げ、ライターを地面に落とした。そのまま田中を地面に押さえ込むと背中を膝で踏み、動けないように両腕を後ろで掴む。

「俺はさっき、あなたが犯人なら自首をした方がいいと告げたはずだ」

「だから、私はなにもっ」

「スプレー缶やらライターやら、状況証拠はしっかり揃ってるようだが」

「それは……っ、あの」

田中はこの期に及んで罪を逃れようとしているのか、必死に首を上げて縋《すが》るような目を明司に向けた。

「もういい。とりあえず黙れ」

明司は疲れ切ったように深いため息を吐くと、田中を地面に押しつけたまま紗絵を見上げた。

「警察は？」

「呼びました」

「ならいい……なんて言うわけないだろ！」

「ひぇっ」

しんとした駐輪場の裏手に明司の怒号が響き渡った。

紗絵は思わず全身を震わせて、明司から目を逸らす。

(怖い、怖い〜！)

田中より明司が怖い。どうして怒っているのか想像がつくからこそ、よけいにこの場から逃げだしたくなった。

紗絵がじりじりと後ろに下がると、目を細めた明司がじっとりとこちらを睨《にら》む。蛇《へび》に睨《にら》まれた蛙《かえる》ってこういう気持ちなんだ、と考えていると、田中が叫んだ。

「槌谷さんっ！　聞いてください！　この女、あなたを裏切ってほかの男と……」

「うるさい！　お前は黙ってろ！」

明司が踏みつけた田中を怒鳴った。

「ひぃっ！」

今まで男性に怒鳴られたことがないのか、田中の顔が恐怖に染まり、見る見るうちに目に涙が浮かぶ。そしてこちらに助けを求めるかのような視線を向けてきた。

（いや……自業自得でしょ……って私もだけど！　助けてほしいのはこっちだよ！　お兄ちゃん、助けて！）

その場から動けないはずなのに、明司の怒りの気配だけはびりびりと伝わってくる。

そもそも、確認もしないうちに、明司が元カノと揉めていると勘違いした自分が悪い。どうしてこう思い込みが激しく、迂闊《うかつ》なのかと、いつも散々明司に言われているじゃないか。

「どうして一人で近づいた！　危機感がないのか、お前はっ！」

「すみませんっ！　スプレー缶にライターの火が引火すると思ったんです」

「一人で対応する前に俺を呼ぶことはできたはずだ。いつも言ってるよな？　報告・連絡・相談はきちんとしろと。それに俺は、部屋で待っていろと伝えたはずだぞ。言い訳があるなら言ってみろ、一応は聞いてやる」

「明司さんが元カノと揉めてると思ったんです！　その人の腕を掴んで、別れないでくれって縋《すが》りついてるように見えたんです！」

意を決して紗絵がそう告げた途端、明司の額に青筋が浮かんだように見えた。ますます怒らせたと知ると、自業自得なのに田中と同様に泣きたくなった。

「ほう……俺が元カノと揉めてる、なぁ？」

「は、はい……」

「これを見てもまだそう思うのか？」

明司に地面に押さえつけられている田中が、苦しげに呻《うめ》き声を上げた。

「お、思いません。ごめんなさい！」

そんな明司は心底疲れた顔でため息をついた。

「もういい。俺も、あの時は焦っていて説明が足りなかった。お前の行動を予測していればわかったことなのに」

どこか諦めたような、突き放されたような感じがして、つい縋《すが》るような目を向けてしまう。

「私が悪いんです。明司さんに迷惑ばっかりかけて……愛想をつかされても、仕方ないんですけど……」

いやだ。明司に嫌われるのも、疎《うと》まれるのも。

呆れてても怒ってもいいから、好きでいてほしい。

以前は部下としてそばにいられたらいいと思っていたのに、それだけでは足りなくなってしまった。

泣くなんて卑怯《ひきょう》だ、それでも愛を乞《こ》いたくなる。この人に愛されていたくて、どうすればその愛を独り占めできるのかと考えてしまう。

「……こんなことで愛想なんかつかしてたら、お前の上司はできないだろ」

明司の張り詰めた空気が和《やわ》らぐ。涙を滲《にじ》ませる紗絵に向ける視線は、恋人としての顔だった。そのことに胸を撫で下ろす。こんな状況でなかったら、彼に抱きついていたかもしれない。

「もういいって言うから……嫌われたのかと」

「お前に手がかかるのなんて今に始まったことじゃない。残念ながら愛してるよ」

「なんで残念なの～」

ぐすぐすと泣きながら笑うという器用な顔を向けると、明司が安心したように息を吐いた。

(もしかしたら……明司さんも、怒鳴ったこと気にしてたのかな?)

紗絵は明司に怒られ慣れているが、それは仕事でのことだ。

私生活ではとことん甘やかすと宣言している彼にしてみれば、理由があったにせよ紗絵を怒鳴ったことは不本意だったのかもしれない。

紗絵は涙を拭って、いまだ地面に組み敷かれている田中に視線を向けた。

「そういえば……この人はなんで、ここを知ってたんでしょうか。前にヒアリングに来たお客さんなんですけど」

「ヒアリング? あの喫茶店の店員だろ。化粧が濃いし格好が違うから一瞬わからなかったが」

「喫茶店……あっ！」

田中と仕事で会った時、どこか見覚えがあるように思ったのだ。まるで変装しているような格好も気になっていたが、まさか本当に変装だったとは。

明司がすぐにわかったのは、会社で田中と顔を合わせていなかったからだろう。紗絵は、ヒアリングした客という先入観があったため、なかなか喫茶店の店員に結びつかなかった。

「ようやく来たか」

「みたいですね……良かった」

サイレンが聞こえてきて、パトカーがマンションのエントランスの前に停められた。数人の警察官が車から降りてきて、そのまま明司に事情を聞くべく話しかけてくる。

もともと組合から落書きと不審火で被害届が出ていたらしく、その後の展開はスムーズだった。

とはいえ、二人が警察から解放されたのは小一時間は経ったあとだったが。

田中がパトカーで連れていかれるのを見送り、部屋に戻った。

「そういえば、明司さんはどうして外にいたんですか？」

紗絵がソファーに腰かけると、ティーポットに淹《い》れられたハーブティーがテーブルに置かれる。

「今から帰るって連絡くれただろ？　駅まで迎えに行こうと思って外に出たんだよ。お前のお兄さんから、落書きに紗絵の名前があったって聞いたからな。っていうか、どうして俺に言わなかった。危ないだろうが」

今日言おうと思っていました、と言えば、さらに火に油を注《そそ》ぐとわかっている。

落書きの件を重視していなかったというのもあるが、明司の思わせぶりな態度に翻弄《ほんろう》されてそれどころではなかったのだ。そしてそのあとは、恋人関係になり、毎日が楽しくて落書きのことなどすっかり忘れていた。

「明司さんと付き合って、幸せ過ぎて……忘れてました」

肩を落としながら正直に言うと、いつもの怒声は飛んでこなかった。恐る恐る顔を上げると、隣に座った明司に抱き締められる。

先ほどからずっと明司はため息ばかりついている。ため息をつかせているのが自分だと思うと、情けなくて申し訳なくて、どう謝っていいかわからない。

「ごめんなさい」

「違う……怒って悪かった。お前を責めるつもりじゃなかった。ただ、目の前であの女と対峙してるお前を見たら、頭が真っ白になった。お前になにかあったらと思ったら、怖くて。言ってくれれば、毎日一緒に帰ることだってできた。そもそも、あの女がお前を恨んでいたのは俺のせいだろう」

明司が疲れているように見えたのは、紗絵を危険な目に遭わせた後悔のせいだったのか。

それを考えると、部屋に戻れという彼の言葉を無視し、あと先考えず田中を止めようとした自分は、明司に怒られて当然だ。

「心配させて、すみません。あと……モテるのも大変ですね」

紗絵がへらりと笑って言うと、明司は毒気を抜かれたような顔をして肩に顎《あご》を乗せてくる。

「ほんっとこれだから、お前には適わないんだよ」

今までこれほど弱り切った彼を見たことがあっただろうか。会社の時とは違う、明司の新たな一面を知ると、愛しさが募《つの》ると共に可愛く思えてしまう。

紗絵は頬を擦り寄せながら、明司の髪に指を通した。

「いなくなるなよ」

ぽつりと呟かれた言葉は、茶化して返せないほど切実な音を含んでいた。

「いらないって言われても、追いかけます。就職先まで追いかけてきたんですから、逃げられると思わないでくださいね。それにね……明司さん」

「ん？」

顔を上げた明司と目が合う。

紗絵はにっこりと微笑んで、明司の頬を両手で包んだ。

「私……あなたがほかの女の人に触るの、いやみたいです。建築家としてはどれだけ有名になってもいいので、私生活は全部、私にください」

明司は驚いたように目を瞠《みは》ったあと、こらえきれない様子で声を上げて笑った。

ひとしきり笑いが収まると、ふたたび紗絵の身体をぎゅっと強く抱き締めてくる。

「最初から全部、お前のものだよ」

明司の胸に顔を埋《うず》めながら、背中に腕を回した。胸元に頬を擦り寄せると、抱き締める腕に力が入り、髪に口づけられる。

好きな気持ちが溢《あふ》れてきて、言葉だけでは足りない。もっと彼の心に触れたくて、愛しているのは自分だけだと証明してほしくなる。

「明日、仕事ですけど」

「そうだな」

明司も同じ気持ちでいるのだとわかり、自然と笑みが浮かんだ。

「抱いて、くれますか？」

「寝かせてやれないかもしれないぞ？」

「それでもいいから」

紗絵が顔を上げると、乱暴に唇が塞がれ、ソファーに押し倒された。剥《は》ぎ取るような手つきでトップスが捲《めく》り上げられ、パンツを引きずり下ろされる。

「ふぁ……っ、んっ」

角度を変えながら口づけられ、熱い舌先が口腔《こうこう》内を這《は》い回る。唾液が口の中に溢《あふ》れてくると、ぬめる舌ごと明司に啜《すす》られた。

じゅっと唾液が絡まる音が立ち、キスをしているだけで全身が焼けるように熱くなり、気分が高揚してくる。

「可愛いな」

背中に回された手でブラジャーのホックを外されると、痛いほどに乳房を揉みしだかれる。上下左右に押し回されて、指先で柔らかい乳首を捏《こ》ねられた。

「硬くなってきた」

「あ、あっ……言わ、ないで……あぁっ」

明司に触れられ、赤く色づいた乳嘴《にゅうし》が硬く勃ち上がる。

その光景を穴が空《あ》くほど見つめられているとも知らず、湧き上がってくる心地好さのままに胸を突きだしてしまう。

「舐《な》めるの……だめ、やっ……」

彼の髪がさらりと鎖骨に触れたと思ったら、硬く凝《しこ》った乳首を口に含まれた。もう片方は指で転がされ、両方の乳首に与えられる凄絶《せいぜつ》な快感に、全身が満たされていく。

「だめじゃなくて、気持ちいい、だろ？」

「いっぱい、気持ち良く、なっちゃうから……だめなんです」

「すぐに達《い》きそう？」

乳首の先端を舌先でちろちろと舐《な》めながら、明司が聞いた。

「ん……すぐ、きちゃいそ」

紗絵は何度も頷きながら、明司の頭ごと抱き締めた。乳輪を舐《な》め回され、腰がびくびくと跳ね上がる。気がつくと、ショーツを足から引き抜かれていた。

「悪いが、俺も余裕がない」

「あぁっ」

太ももを撫でながら左右に押し開かれ、すでに蜜を滴《したた》らせる陰唇に指を這《は》わされた。愛液を擦りつけながら上下に撫でられると、下腹部が痛いほど収縮し隘路《あいろ》から新たな蜜が溢《あふ》れだしてくる。

あまりの気持ち良さに宙をぼんやりと見つめていると、片足を抱え上げられ、明司の顔が足の間に埋《うず》められる。なにをと聞く間もなく、ぬるついた舌でヒクつく秘裂を舐《な》められた。

「ひ、あっ、や……そんな、しちゃ」

じゅ、ちゅっと音を立てて蜜口を舐《な》められ、溢《あふ》れた愛液を啜《すす》られた。全身が燃え立つように熱くなり、涙が滲《にじ》んでくる。

大好きな人にあらぬところを見られ、あまつさえ舐《な》められている。その衝撃といったらなかった。初めてでもないのに、彼にすべてを晒《さら》すのは、なぜだかとても恥ずかしい。

今まで付き合った相手に、これほど強く感情を揺さぶられることなどなかった。それはきっと、大学時代に明司の作品と出会い、それからずっと紗絵の心の奥には槌谷明司がいたからだと今ならわかる。

「あ、かしさ……っ、気持ち、い」

紗絵は、肩で息をしながら、恍惚《こうこつ》と目を細めた。

硬く勃ち上がる陰核を舌で転がすようにくるくると舐《な》められ、同時に指が蜜襞をかき分け中に入っていく。

「慣らさなくても、もう入りそうだ」

指を根元まで埋《うず》めた明司は、紗絵の薄い恥毛に鼻を埋《うず》めながら口を開く。彼の吐く息にさえ感じてしまい、腰を震わせた。

「はぁ、あぁぁっ、ん、あっ」

泡立った愛液が、沸騰した湯のようにじゅわっと噴きこぼれ、彼の手のひらを濡らしていく。突きだした舌先で淫芽をちろちろと舐《な》められるたびに、全身が総毛立つような快感に襲われ、紗絵は抜き差しされる指を強く締めつけた。

次第に指だけでは物足りなくなり、最奥《さいおう》がきゅんと切なく疼《うず》く。彼に貫かれる快感を思い出して、ぞくぞくとした甘い愉悦《ゆえつ》が腰から湧き上がってきた。

「も、もう……っ、いいから」

我慢できない、と腰をくねらせる。

涙に濡れた目を向けながら、してほしいと訴えると、明司が顔を上げた。濡れた口元を手の甲で拭い、扇情的《せんじょうてき》な目が紗絵を捉《とら》える。

汗ばんだ額と荒く吐きだされる息遣いから、彼の興奮が伝わってくると、全身が焼けつくように熱くなった。

「ゴム、持ってくる」

そう言って離れようとする明司の袖《そで》を掴み、引き留めた。

「紗絵？」

「い……から……そのまま」

隔てるものなく明司と繋がりたいと思ったのはなぜだろう。

彼が作品として残してまで欲していた家族を自分が与えてあげられたら——心のどこかで、そう考えていたのはたしかだ。

だが、明司が紗絵との将来を考えてくれていると知り、そのいつかが今でもいいと思ってしまう。

明司は紗絵の言葉に驚きもせず、そっと口づけた。

「あぁ」

明司は、ソファーの上で膝立ちしズボンの前を寛《くつろ》げた。大きな彼のものが視界に入り、期待で喉がこくりと鳴ってしまう。

「紗絵、起き上がれるか？」

「はい」

腕を引かれて身体を起こしたものの、膝の上に抱き上げられても力が入らず、明司にくったりともたれかかる。

「ちゃんと掴まってろよ」

ソファーの背に身体を預けた明司に臀部《でんぶ》を掴まれ、滾《たぎ》った先端が下から押し当てられた。ゆっくりと腰を落とされ、先走りで濡れ光った亀頭がつぷりと蜜口に埋まると、紗絵の口からこらえきれない吐息が漏れた。

「はぁ……ん」

避妊具越しではなく、彼を直《じか》に感じていると思うだけで、興奮が高まり下腹部の奥が痛いほどに疼《うず》く。

浅瀬を硬い先端で擦り上げられる気持ち良さに柔襞がきゅうきゅうと蠢《うごめ》き、しゃぶりつくように媚肉が蠕動《ぜんどう》する。そのいやらしさに目眩《めまい》がしそうだ。それなのに、理性を捨てて感情のまま乱れたくなる。

「先っぽだけでも気持ちいいな」

熱っぽい息を吐きだした明司が、軽く唇を触れさせながら言った。

「ん……気持ちいい」

キスをしながら、軽く臀部《でんぶ》を揺すられ、陰道の浅い部分を擦られる。

抜き差しのたびに、ちゅぷ、ちゅぷっと愛液のかき混ぜられる音が立ち、甘やかな快感が腰から迫《せ》り上がってくる。

「あぁ、あっ、はぁ」

全身が痺《しび》れるような感覚が押し寄せてきて、紗絵は明司の首にしがみつきソファーに膝立ちになる。臀部《でんぶ》を揺する彼の動きに合わせて自分から腰を落とした。

そうすると、いつもとは違った部分が擦られて意識が陶然《とうぜん》とする。

「奥……締め過ぎだろ。すぐ、出そうだ」

明司が眉根を寄せて苦しそうな声をだした。

「いっぱい、してくれるなら、出していいですよ」

甘えるようにキスをすると、明司がなにかをこらえるような顔をして動きを止めた。

「お前なぁ……余裕ないって言っただろうが」

体内で雄々しく脈打つ怒張《どちょう》がますます硬く大きく膨らみ、最奥《さいおう》まで一気に腰を落とされる。

「ひぁあっ、奥、好き……っ」

全身が揺さぶられ、じゅぶ、じゅぶっと愛液のかき混ぜられる音が響く。蜜襞ごと削《けず》り取るような動きでごりごりと擦り上げられ、勢いよく最奥《さいおう》を穿《うが》たれた。

「気持ちいい……ん、あ……は、はぁっ……」

次から次へと漏れでる愛液が擦り合う恥毛を濡らし、淫《みだ》らな気分が高まっていく。紗絵は髪を振り乱しながら、ねだるような声を上げてしまう。

「そこ……もっと……好き、んっ……」

「ほんと、良過ぎて、まずい」

余裕のない明司の声が耳のすぐ近くで聞こえる。互いの汗で胸元が滑り、乳首がつんと勃ち上がる。敏感な乳嘴《にゅうし》を厚い胸板に擦りつけると、ますます律動が速まり叩きつけるような動きに変わった。

「乳首、気持ち良さそうだな」

陶然《とうぜん》とそう呟いた明司が、繋がったまま紗絵の身体をソファーに押し倒す。

「あぁあっ！」

これ以上ないほど深いところを穿《うが》たれ、その衝撃に目の前がちかちかする。

彼は紗絵の胸に顔を埋《うず》めて、赤く腫《は》れた乳首をべろりと舐《な》めた。両方の胸を中央に寄せられ、交互に舌で弄《もてあそ》ばれる。指が食い込むほど乳房を強く揉みしだかれつつ、舌で乳首を上下に弾かれた。

「真っ赤に腫《は》れてる、いいのか？」

返事をするように彼のものを締めつけると、耳元で薄く笑われた。

「こっちもって、ねだってるみたいだな」

亀頭の尖りで淫芽の裏側を擦り上げると同時に、より接合部を密着させて敏感な芽を恥骨でごりごりと擦られる。

「ほら、乳首もクリトリスも一緒に擦ってやる」

しとどに溢《あふ》れた蜜が潤滑油《じゅんかつゆ》となり摩擦なく淫芽が擦られる。意識が遠退きそうなほどの強烈な快感が、続け様に押し寄せてきた。

「あぁあっ、こんなの、おかしくなっちゃう」

痛いほどに乳首を吸われ、明司の汗の匂いがふわりと香る。紗絵はびくびくと腰を跳ねさせ、背中を浮き上がらせた。

「あぁあっ、あ、んんっ……も、達《い》く、の……達《い》っちゃう」

全身が揺さぶられるたびに背中が波打ち、悲鳴のように上がる嬌声《きょうせい》が止められない。呑み込みきれない唾液が口の端から溢《あふ》れ、顎《あご》を伝い流れ落ちた。

「あ、一緒……して、もっと……気持ちいい、好きぃっ」

理性が崩壊し、羞恥心《しゅうちしん》もなく彼を求めてしまう。

蠢《うごめ》く媚肉が陰茎に絡みつき、強く締めつけては奥へ引き込もうとする。強烈な快感が脳天を突き抜け、限界はあっという間にやって来た。

容赦のない速度で抜き差しされ、目眩《めまい》にも似た陶酔《とうすい》感に呑み込まれそうになる。

下腹部の奥がきゅうっと痛いほどに疼《うず》いて、全身がぶるりと震え、四肢が強張《こわば》った。

「あぁぁ――っ！」

立てたつま先がぴんと張り、足の間から泡立った愛液がじゅわりと漏れでる。次の瞬間、明司が息を詰めて、最奥《さいおう》を貫く怒張《どちょう》が胎内で飛沫《ひまつ》を弾かせた。

子宮口近くに温かい精が注《そそ》がれるのを感じると、不思議と気持ちまで満たされていく。蕩《とろ》けきったように四肢から力が抜けて、首に回していた手がずるりと滑り落ちた。

眠たげな目を向けると、額の汗を手の甲で拭った明司が、紗絵の身体を抱き締める。

「仕事とか……籍を入れることとか考える前に、紗絵の……俺たちの子どもがほしいと思ったよ」

満たされたような顔でそう言った明司は、汗ばんだ額を紗絵の額に押し当てた。のしかかられて重いのに、甘えてくる彼を愛おしく思う。

「私も……同じように思いました。できたら、いいなって」

どちらからともなく口づけ合う。

貼りついた前髪を払われて、髪を撫でられた。角度を変えながら何度もキスをすると、収まったはずの情欲がふたたび身体の芯に熱を灯す。

「ベッドに行こうか」

紗絵は、頷く代わりに明司の首に腕を回した。

第九章

食欲をそそる匂いが鼻をくすぐった。髪を撫でられる心地好さに包まれ、沈んでいた意識が浮上してくる。

「紗絵、そろそろ起きろ」

「おは、よ……ございます」

うっすらと目を開けて、掠れた声で応《こた》えると、ベッドの脇に膝を突いた明司が苦笑を漏らす。

「やっぱり無理をさせ過ぎたな。起きられるか？」

「はい」

紗絵は身体を起こし、ぼんやりしたままあくびをする。目を擦っていると、ベッドに腰かけた明司に肩を引き寄せられた。

頭ごと抱えられて、彼の胸に顔が埋《うず》まる。ようやく覚醒してきた紗絵は、ぐりぐりと胸元に顔を擦りつけ、両手を背中に回した。

「今日は、定時に帰っていいからな」

ばつが悪そうな明司の声に思わず笑ってしまう。

胸元から顔を上げると、目を逸らされた。昨夜は事前の言葉通り、朝方まで盛り上がってしまったことを反省しているようだ。

「笑うなよ」

「だって……ドS鬼上司なのに、どうしたんですか。平気ですよ。仕事はちゃんとします」

「辛くなったら言えよ？」

「はい」

平気だと言っているのに、横抱きでリビングに運ばれた。

たしかに身体は辛いが、なにも明司だけのせいではない。抱いてほしいと誘ったのは自分なのだから。

ダイニングテーブルには明司の作った朝食が用意されていた。いつのまに下拵《したごしら》えしていたのか、ふわふわのフレンチトーストにサラダとスクランブルエッグ、小さな器に入った真っ白なスープがプレートに載せられテーブルに置かれている。

「美味《おい》しそう。見た目が綺麗ですね。あそこの喫茶店のモーニングみたい」

「あぁ、真似してみた。プレートだと洗い物も少なくて済むしな」

一緒に暮らして知ったことだが、明司は私生活でもマメな男だった。

料理でもなんでも、物を作る作業が好きらしい。外食が多い印象だったのは、いいものを見て学ぶという仕事のスタイルと同じだったようだ。

紗絵がうっかりやらかす暇もないくらいに完璧になされてしまうから、ひたすら邪魔をしないようにしている。

「スープなんていつ作ったんですか？」

「朝だよ。全部ミキサーにかけただけ」

「私、ちょっとはできる女にならないと、本気で捨てられそう」

家事は女性がするもの、なんて凝《こ》り固まった感覚はないが、かといって全部を彼任せにしたいわけではない。自分より仕事が多いのに、なにもかも甘えっぱなしはいやだ。

「俺がやりたくてやってるんだよ。お前は頑張り過ぎると空《から》回るからな、自然体でいてくればいい」

「明司さん、私になにかしてほしいこととかないんですか？」

「そうだな……じゃあ、これを書いておいてくれるか？」

明司はバッグの中から一枚の紙を取り出してテーブルに置いた。なんだろうと半分に折られた紙をダイニングテーブルの端に広げる。

「これ……」

紗絵は驚きに顔を上げて明司を見つめた。

明司の名前がすでに記入された婚姻届を目にして、まだまだ先だとばかり思っていた彼との結婚が現実味を帯びてくる。

「早過ぎませんか？　っていうか、いつの間に準備したの？」

紗絵が尋ねると、朝にダウンロードしてプリントしたと答えを返された。

「交際期間なんて関係ないだろ。どういう形でも、お前を俺に縛りつけておきたいんだよ。上司と結婚なんていやだって言うなら、槌谷建設に戻ってもいいぞ」

「明司さんのそばで働けなくなるなんて、絶対にいやです！」

紗絵が叫ぶと、わかっていると言うように明司の顔が綻《ほころ》んだ。

「結婚はいやか？　俺の私生活が、全部お前のものになるけど」

――私生活は全部、私にください。

自分が発したその言葉を思い出し、羞恥心《しゅうちしん》で頬が赤く染まる。

「いやなわけない……嬉しいです」

紗絵が涙を滲《にじ》ませながら微笑むと、向かいに座った明司が腰を上げた。大きな手に頬が包まれ、唇が優しく塞がれる。

「予備が二枚あるから、書き損じても大丈夫だぞ」

「どれだけポンコツだと思われてるんですか、私」

食事を終えて、明司が片付けている間に記入を済ませた。間違えることなく書き終えた時には、妙な達成感があった。

「週末はお前の親に挨拶《あいさつ》だな。連絡しておけよ？」

「はい、明司さんのご両親にもですよね」

「そうだな、実家に連絡しておく。対応が事務的で驚くかもしれないが、気にするなよ？」

「……わかりました」

明司から両親の不仲は聞いていた。

結婚に反対されるようなことにならないだろうか、と一抹《いちまつ》の不安を覚えるが、明司の声色は落ち着き払っている。

「時間だな、そろそろ行くか」

「はい」

出勤の支度をして、二人で玄関を出た。駅までは手を繋いでいくが、電車に乗ったら徐々に気持ちを恋人から部下へと切り替える。

今日は、午前中に前田夫妻との打ち合わせが入っている。

紗絵は資料を用意して明司と共に応接室に向かった。

「本日も、よろしくお願いいたします」

打ち合わせが始まると、お茶を口に含んだ聡子が湯飲みをテーブルに置き、おもむろに口を開いた。

「そういえばね……」

「はい」

「この間の、本田さんの話を考えてみたのよ。二階はどうかって話、覚えてるかしら？」

「ええ、もちろんです。なにかございましたか？」

前田夫妻の希望は平屋のため、紗絵のした提案は明司に却下されている。却下の理由もきちんと納得していた。

「娘がね、二人目、三人目を考えてるって言ってたの。そうしたら出産で何日か入院するでしょう？　その時は孫を預かることになると思うの。そうなると孫の寝室として使える部屋も必要かしらって、お父さんと話してたのよ。でも、平屋でもう一部屋造るとなると、リビングが狭くなってしまうでしょう？　二階建ての方がいいかしらね？」

「そうですね……」

明司は話を聞きながら顎《あご》に手を当てた。

足の悪い夫は階段を上がれない。紗絵は当初、二階建てにした方がいいのではないかと考えていたが、一年に数日しか使わないのであれば、平屋で部屋を増やす方が前田夫妻の負担にならないだろう。ただ、せっかくの広々としたリビングではなくなってしまうけれど。

家造りは客の妥協点を探っていく作業でもある。

客の要望を全部叶えることは実質不可能と言ってもいい。だが、その中での最善を見つけることは、自分たちの仕事であると思うのだ。

紗絵は意を決して前を向くと、おずおずと手を挙げた。

「あの」

明司と前田夫妻の視線がこちらを向く。

もしかしたらまた怒られてしまうかもしれない。そう思うと、口に出すのは怖い。隣に座る明司を見ると、彼は仕方がないな、という顔をして頷いた。

「いいから言ってみろ。なにか案があるんだろう？」

「は、はいっ。あの……今の広さのままで、もう一部屋増やすなら、ロフト……はいかがでしょうか？」

紗絵の話を聞いた明司はすぐにぴんときたようで「それはいいかもな」と口に出した。

「ロフト？」

聡子が首を傾げたのを見て、紗絵が図面を取り出し、大きな窓が嵌《は》め込まれたリビングの一角を指差した。

「もともと天井を高く取るつもりでいましたので、ここの一部分をロフトにしても、明るく開放感のある空間で、狭さはまったく感じないと思われます。二階に部屋を造ってしまうと、お孫さんの様子を見に行くのも大変でしょう？　でもリビングのロフトなら、キッチンにいてもリビングにいても目に入ります。もちろん安全に配慮する必要がありますが、それなりに大きい子なら秘密基地みたいで楽しいのではないでしょうか」

「ロフトにははしごを設置するってこと？」

「はい。ご主人がはしごを使ってロフトに上がるのは大変かと思います。ですが、普段ほとんど使われないのなら、お孫さんを預かる時だけ、娘さんにロフトの掃除をお願いすることは可能ではないでしょうか？　あ、お孫さんと一緒に掃除をするのも楽しいかもしれませんね」

「そうね、娘はしょっちゅう私たちを心配してうちに来るもの。お父さんの足が悪くなってからは買い物も手伝ってくれるのよ」

「そうですか、優しい娘さんですね」

紗絵の言葉が嬉しかったのか、前田夫妻が何度も頷いた。

「槌谷さん……ロフトって今からでもお願いできるかしら？」

「もちろんです。どの程度の広さが取れるか、次回の打ち合わせで図面をご覧に入れられるようにしておきます」

聡子は胸を撫で下ろして、夫を見つめる。

「決めなきゃならないことはまだたくさんあるけど、あなたたちにお願いして良かったわ。ね、お父さん」

お願いして良かった、という言葉が胸を突く。

自分のした提案を喜んでもらえた、それが嬉しかった。

一人一人、違う生活がある。わかっていても紗絵にはまだまだ経験が足りず、それを想像するのは難しかった。

だが、今日はほんの少しだけ、前田夫妻や明司の役に立てたかもしれない。そう思うと、昨日より一歩だけ前に進めたような気がしてくる。

ふと、こちらに向けられている明司の柔らかな眼差しに気がついて、紗絵はきゅっと唇を噛んだ。そうしないとお客様の前で泣いてしまいそうだった。


朝言っていた通り、定時に帰宅するよう明司から指示が出た。

今日はばりばり働けそうだ、と思っていたが、身体は疲れていたらしく、部屋に戻ると気怠《けだる》さに襲われる。

「前田さんに喜んでもらえて良かったな」

食事を終えたあと、小上がりの和室で寝転がっていると、隣に明司が横になった。

「明司さんのおかげです」

「俺？　提案したのはお前だろう」

「あそこで提案できたのは、この間明司さんが狭小《きょうしょう》住宅を見に連れていってくれたからです。ロフトみたいに造ったって言ってたじゃないですか。あのお宅を見て、設計次第でいくらでも工夫ができるんだって知りました。いつか私も……大それた願いですけど、あなたに負けないくらいの建築家になりたいです」

身体を横にして、隣の明司に向かって言うと、突然のしかかられる。貪《むさぼ》るように口づけられて、唇が離れる頃には息も絶え絶えになっていた。

「なに、するんですか……いきなり。今、そういう雰囲気じゃなかったのに」

「お前のそういうところを愛してやまないんだって、そろそろ気づけよ」

もう一度唇が塞がれて、抱き締められる。

「仕方ないなぁ」

紗絵は腕を伸ばして、明司の背中に腕を回した。

和室で寝転がりながらいちゃいちゃできるのはいいな、などと考えていると、ふいに明司が身体を起こした。

「明司さん？」

「そうだ、お前に見せたいものがあったんだ」

明司はなにかを取りに書斎へ行き、一分も経たずに戻ってきた。

紗絵は身体を起こして明司の隣に座り、彼の手にした紙を覗き込む。

「これ、図面？　どこのですか？」

たしかに見覚えはあるのだが、最近の仕事ではないはずだ。

なんだろうと首を捻《ひね》る。

「俺とお前が住む家の設計図」

「えっ、まだ婚姻届も出してないのに⁉」

いろいろと早過ぎではないだろうか。このマンションでの生活だって始まったばかりだ。両親への挨拶《あいさつ》さえまだ済んでいないのに。

「まさか……このところ夜、書斎にこもってたのは、仕事じゃなくてこの図面を引いてたんですか？」

なら自分にも作業を見せてほしかった、と頬を膨らませると、明司が苦笑する。

「驚かせたかったんだよ」

「すっごく驚きました」

部屋でなにかしているとは思っていたが、まさか紗絵と暮らす家を設計していたとは夢にも思わなかった。それはもう驚いた。

「俺が設計した家に住みたいんだろ？」

「住みたいですよ！　当たり前じゃないですか」

「土地探しも並行して行ってるぞ。タイミングが重要だからな、いい土地があったらすぐに押さえてもらうことになっている」

槌谷住宅は、顧客の土地探しも請け負っている。もちろん提携する不動産業者に依頼をするが、自分たちで情報を集めることも忘れない。だが、普段の仕事だけでもあれだけ忙しい明司が、紗絵と住むための家まで考えていたとは思わなかった。

「いったいいつから図面引いてたんですか？」

「一緒に暮らし始めてすぐだな。お兄さんにも、結婚を前提にって挨拶《あいさつ》しただろ？　じいさんばあさんになってもお前と一緒にいるんだから、早く二人だけの家がほしいと思うのはおかしくないよな」

「婚姻届けを書かせてから、プロポーズですか」

結婚してほしい、とは言われていないけれど、互いに年を取るまで一緒にいる、などと言われたら頷く以外ないではないか。

「順番なんてどっちが先でもいいだろ。お前のおかげで夢が叶う」

「夢？」

「あぁ、紗絵と家族になって、自分が設計した家で一生楽しく暮らすんだ。けんかをしても帰る場所が同じなら仲直りも容易だろう？　家族が増えて、年を取ってまた二人になっても、ずっとお前の隣で眠りたいと、そう思うよ」

「いいですね、それ」

紗絵は、テレビ台の横に置かれた『ずっと住み続けられる家』の模型に視線を移した。

この図面をどこかで見たことがあると思ったはずだ。似ているのだ。あの模型と。

『ずっと住み続けられる家』は、彼の夢そのものだった。けれど、そこに住む人がいなければ、ただの入れ物と変わらない。

「これ以上、大好きにさせてどうするつもりですか」

「一生、惚れさせてやるから覚悟しておけよ」

顔中に口づけられて、気づいたら畳に押し倒されていた。

「ここで、するの？」

「あぁ、引っ越す前に全部の部屋で一回はやりたいだろ？　あとはここと、キッチンと書斎だな」

「いつもベッドがいいんですけど！」

「まぁそう言うなよ」

楽しげに口元を緩めた明司にてきぱきと服を脱がされていく。

明司は紗絵のブラウスを脱がして畳の上に敷くと、続いて自分のワイシャツも脱ぎ、紗絵のブラウスに重ねるように置いた。なんのためかを想像するといたたまれなくなる。

パンツがショーツと一緒に足から引き抜かれて、ブラジャー一枚という情けない格好のまま身体をうつ伏せにされた。

「背中が痛くなるから、服の上に腕を突いて、尻だけ上げろ」

「こんな明るい部屋でっ⁉」

「昨日だって明るかっただろ？」

「格好が恥ずかしいんです！　後ろからだとどこを見られてるかわからないし！」

うつ伏せのまま足を閉じてもじもじしていると、痺《しび》れをきらした明司に腰を抱えられた。

「前からしてたって全部見てる。ほら、観念して足を開け」

「なんかドSっぷりに拍車がかかってません⁉」

ちらちらと後ろを見ながら叫ぶも、強引に足を開かされて、四つん這《ば》いの姿勢を取らされた。

「かかってねぇよ。毎日とことん甘やかしてやってるだろうが」

明司はそう言いながら、ブラジャーのホックを外す。重力のままブラジャーが畳に落ちた。ズボンのファスナーを下ろし、すでにいきり勃った楔《くさび》を片手で支える。

(あ……なんか、濡れちゃいそう……)

彼のものが視界に入ると、セックスへの期待で下腹部がきゅんと甘く疼《うず》く。

溢《あふ》れた愛液が垂れないように膣に力を入れると、小さく笑った明司が指先をそこに滑らせた。

「もうぐっちゃぐちゃ。俺がドSなら、足を開けって言われて濡らしてるお前はドMだな。そんなに上から尻を見られるのがいやなら、下から見てやるよ」

「え……？」

明司は紗絵の足の間に顔を滑り込ませて、臀部《でんぶ》を掴んで引き寄せる。

「や、やだっ」

明司の顔に座っているような状態で、平然としていられるはずがない。腰を上げて逃げようとするが、両手で尻を掴まれてしまい動けなかった。

「昨日だって舐《な》めたろ。なにが違うんだよ。そんなに恥ずかしいならお前もすればいい」

にやりと笑われて、できないだろと言わんばかりに見つめられる。

「じゃあ……します」

我ながら、こんな時に負けず嫌いな性格を発揮しなくてもいいのに、と思う。

紗絵は体勢を変えて、明司の下半身に顔を寄せた。自分の淫《みだ》らなところを見られているのは変わらないけれど、お互い様だと思えばいいのだ。

「明司さんだって、もう勃ってるくせに」

「言っただろ、キスだけで勃つって。お前と同じだろうが。ほら、さっさとしろよ」

明司はといえば堂々としたもので、いきり勃った屹立《きつりつ》をぐいぐいと紗絵の口に押し当ててくる。

「もう……っ」

理性も羞恥《しゅうち》も捨てられたらいいのに。そう思いながらも、両手で明司のものを掴み、唇を寄せた。

ちゅっと先端に吸いつくと、明司がびくりと腰を揺らす。

こんな風にまじまじと彼のものを見たことはなかったけれど、やはりこれは凶器だと思う。

長さはもちろん太さも十分で、だからか明司に抱かれると子宮のすぐ近くまで届いているような感覚がするのだ。

「ん……むっ」

蜜の溢《あふ》れる先端をぱくりと口に含む。舌を動かし、張りだした雁首《かりくび》を舐《な》め回してみた。必死に口を動かし、えずきそうになるのを我慢して舐《な》めしゃぶる。

開けっぱなしの口から唾液が滴《したた》り落ちて、陰茎を濡らしていった。

「さ、え……っ」

顔を動かすたびにじゅぶ、じゅぶっと淫靡《いんび》な音がして、足の間にかかる息遣いが荒々しくなっていく。口の中で屹立《きつりつ》がさらに大きく膨らみ、硬くなった。

自分の名前を呼ぶ声に淫《みだ》らさがまじり始め、感じているのか突き上げるように腰が上下に揺れる。いつも翻弄《ほんろう》されてばかりな紗絵は気分が良くなり、息苦しさも忘れて唇に力を入れ、陰茎を扱《しご》く。気づくと夢中になって彼のものをしゃぶっていた。

「ふ……っ」

口腔《こうこう》内に青臭い先走りの味が広がる。それを舌で舐《な》め取りながら、無心で顔を動かした。顎《あご》が疲れてくると、陰茎に手を沿わせて裏側に舌を這《は》わせる。先走りの溢《あふ》れる穴を舌先で突《つつ》き、つぅっと下に滑らせると、今まで以上に興奮した息遣いが聞こえてきた。

「お前な……っ」

口戯に自信はないけれど、いつも自分を翻弄《ほんろう》している明司が気持ち良くなっているところがもっと見たい。そんな思いで屹立《きつりつ》への愛撫《あいぶ》を続けた。

明司の腰が突き上げるように上下に揺れ、はち切れんばかりに膨らんだ怒張《どちょう》が、手のひらの中でさらに硬さを増していく。

「はっ……お前も、気持ち良くしてやるよ」

すると、お返しだとでも言うように、太ももを掴まれ、引き寄せられた。

明司の口に秘部を押しつけるような格好を恥ずかしいと感じる間もなく、蜜穴ごとしゃぶられた。溢《あふ》れる愛液をじゅっと啜《すす》られ、襞を左右に開きながら陰唇を舐《な》められる。

「あ、あぁっ！」

思わず口を離してしまうと、舐《な》めろと腰を突き上げられる。ふたたび亀頭を口に含み、顔を上下に動かした。

口に力が入らず開けっぱなしの状態になると、まるで自慰でもしているかのように紗絵の口を使って、明司が快感を貪《むさぼ》り始めた。

「はぁ、ん、ん、む」

「俺のを舐《な》めながら……ここ、とろっとろにしてたんだな」

興奮しきったように息を吐きだしながら明司が言った。

「だって、あっ……」

これから明司に抱かれると思うだけで、身体が淫《みだ》らに反応するようになってしまった。相性がいい、と言った意味がこれ以上ないほどにわかる。キスをされても、抱き締められても、彼にされるすべてが気持ちいい。

「俺に、抱かれたいか？」

蜜穴に舌が差し入れられ、媚肉をぬるぬると舐《な》められる。くちゅ、ちゅぷっと音を立てながら舌を抜き差しされると同時に、指先で愛液にまみれた陰核を転がされた。

気持ち良くてたまらず、開いた膝ががくがくと震え、足先がシャツの上を彷徨《さまよ》う。淫芽をぬるついた指で抉《えぐ》られると、腰が跳ね上がった。

「ん、あ……ふぁっ……ん、ん」

「ヒクつくこの穴に、俺のを挿《い》れてほしい？　お前のいいところを、擦って、達《い》かせてほしいか？」

明司の言葉に反応するかのように媚肉が蠢《うごめ》き、彼の舌を締めつけてしまう。

その反応に明司が笑みを漏らし、ますます淫猥《いんわい》な動きで蜜壺を舐《な》めしゃぶられた。押しつぶすような手つきで花芽を転がし、舌先で浅い部分を擦られる。

「はぁ、ふ、ぅっ」

最奥《さいおう》がじんと甘く痺《しび》れて、切なく疼《うず》き始める。ひときわ強く柔襞が収縮し舌を奥へ引き込もうとうねった。

「舌が、持っていかれそうだな」

彼は舌を引き抜き、代わりに二本の指を沈ませる。舌では届かなかった部分を指の腹で擦られて、大量の愛液がとぷとぷと溢《あふ》れだす。

「これじゃ、全部飲みきれないだろ。濡らし過ぎだ」

もっと奥に彼のものがほしい。この太いもので最奥《さいおう》を突いてほしい。紗絵は必死に口と舌を動かしながら、口淫に耽《ふけ》った。

陰茎を手で上下に扱《しご》き、口いっぱいに頬張ると、じゅ、じゅぶっと顔を動かすたびに唾液が絡まる音がする。その音に煽《あお》られたように最奥《さいおう》が疼《うず》き、紗絵の蜜穴が淫《みだ》らに愛液を噴きこぼす。

「もう……もっ、お願い、して……挿《い》れて……これ、ほしい」

ちゅうっと先端に吸いつきながら懇願すると、勢いよく口から陰茎が引き抜かれた。

紗絵はぐったりとシャツの上に身を預けて、肩で息をする。背後でなにかを破る音が聞こえて、それが避妊具だとわかると同時に、滾《たぎ》った先端が蜜穴に押しつけられた。

「俺も、限界」

臀部《でんぶ》を掴まれ、双丘を左右に押し開かれる。明司に尻の穴まで見られているのかと思うと、消え入りたいほどの羞恥《しゅうち》に襲われる。

「や……っ、広げちゃ、だめ」

「広げないと、お前、足閉じるだろ」

足の間を指とは違うなにかがずるりと滑る。ぬるついた先端で軽くとん、と蜜壺を突かれ、それがなにかを知ると、全身が燃え立つように熱くなる。

「あ、あっ」

腰がびくりと跳ねて、亀頭に吸いつくような動きで蜜口がいやらしくヒクついた。血管の浮きでた陰茎が秘裂を滑り、張りだした亀頭が恥毛に埋もれた淫芽を刺激する。

散々焦《じ》らされた身体はすぐに限界を迎えそうになってしまう。

「はぁ、ん、あんっ……む、りぃっ」

愛液にまみれた陰茎で花芽をぐりぐりと擦り上げられると、得も言われぬ快感が腰から迫《せ》り上がり、気持ち良くてたまらなくなる。擦られるたびにじゅ、じゅっと愛液が泡立ち、ブラウスにぽたぽたと滴《したた》り落ちる。

「あ、はぁ……はっ……挿《い》れて、お願い、早く」

「余裕がない声……っんとに、可愛い」

背後から回された手に両胸を掴まれ、下からすくい上げるように揉み込まれる。むにゅむにゅと乳房を上下左右に揺らしながら、腰を叩きつけられた。

乳首を捏《こ》ねられ、引っ張り上げられる。指の腹で押しつぶされると、隘路《あいろ》の奥が切なく疼《うず》き、蜜穴から新たな愛液がぽたぽたと流れ落ちた。

「も……やだぁっ、ほしい、これ……して、して、もっ」

「ぐっちゃぐっちゃ、俺のが溶けそう」

ぼろぼろと涙をこぼしながら、縋《すが》るように背後に視線を向けると、さらに激しく腰を揺すられた。硬く張った雁首《かりくび》で淫芽をごりごりと擦られ、快感を得ることしか考えられなくなる。

「ひ、あぁぁっ、我慢、できな……っ」

荒い呼吸を繰り返しながら、切羽詰《せっぱつ》まった声を上げた瞬間、押し込むように一気に貫かれる。ぐじゅっとひときわ大きな音が響いた。

「――――っ！」

目の前でちかちかと火花が散り、甘い快感が駆け抜ける。全身が痙攣《けいれん》するように小刻みに震え、どっと汗が噴き出してきた。

「あ……あ、待って……今、無理」

ゆさゆさと全身を揺さぶられるたびに、腰が震えて跳ね上がった。頭の中が真っ白に染まり、四肢が蕩《とろ》けてしまいそうなほどの心地好さに包まれる。

だが、敏感過ぎる身体は緩やかな律動ですら強烈な快感をもたらし、耐えがたいほどの苦しさに苛《さいな》まれた。

「はぁっ、あ、あっ」

「挿《い》れただけで甘イキしたのか。お前の中、俺のに吸いついてくる」

全身から力が抜けて、腕で身体を支えきれなくなり上半身がシャツの上に崩れ落ちた。

長大な陰茎がずるりと引き抜かれ、ふたたび叩きつけるように奥まで穿《うが》たれる。

「ひぁぁっ」

ずんっと最奥《さいおう》まで一気に貫かれ、首を仰《の》け反《ぞ》らせて悲鳴のような声を上げた。達したあとの敏感な身体を容赦なく責め立てられ、絶頂の余韻に苦しめられる。それなのに、身体はもっともっとと快感をほしがり媚肉を蠢《うごめ》かせた。

「たまらないな、いやらしくて。本当に最高の相性だ」

快感に煽《あお》られた声で囁《ささや》かれただけで身体が反応し、彼のものをきゅうっと強く締めつけてしまう。

「だからっ……さっきから、締め過ぎ……っ、だろ」

「ひぁぁっん」

子宮口を押し上げるような動きで最奥《さいおう》を穿《うが》たれて、媚肉を削《けず》り取るように引き出される。どうにかなってしまいそうなほどの快感が続け様にやって来て、狂おしいほどの愉悦《ゆえつ》の波に呑み込まれていく。

「ひぁ、あっ、あんっ、はぁ」

抜き差しのたびに、ぐちゅ、ぬちゅっと泡立った愛液が攪拌《かくはん》され、ブラウスに滴《したた》り落ちた。肌と肌のぶつかる打擲音《ちょうちゃくおん》が響き渡ると、脈動する屹立《きつりつ》がさらに大きく膨れ上がり、抜き差しが速まっていく。

「あぁぁっ、はっ、あ……奥、ぐりぐり、しちゃ……また、達《い》っちゃう」

「いつもより深くて、いいな。俺も、もう出そうだ」

興奮しきった明司の声にさらに煽《あお》られる。紗絵は、収まらない絶頂感に追い詰められ、引っ切りなしに嬌声《きょうせい》を上げた。

「あっ、あ、はぁ……あぁぁっ」

四肢から完全に力が抜け、膝が崩れ落ちてしまう。

その上に明司が覆《おお》い被さり、紗絵の頭の脇に手を突いてさらに激しく腰を振る。

「だ、め……もっ……また、達《い》く、から……待って」

「待てない」

上から叩きつけるように抜き差しされて、押し回すように突き挿《い》れられ、紗絵は意味もなくいやいやと髪を振り乱した。

「あ、あぁっ、あ、はぁっ、あぁあぁっ！」

突き刺すような律動に合わせて、喘《あえ》ぎ声が途切れがちになっていく。

ひときわ強く最奥《さいおう》を穿《うが》たれた瞬間、凄絶《せいぜつ》な快感に包まれ、頭の中が真っ白に染まった。中へ引き込むように隘路《あいろ》が収縮し大量の愛液が溢《あふ》れでると、意識が遠退きそうな深い絶頂感がやって来る。

「――っ！」

紗絵は声を発することもできずに、ブラウスを強く掴みながら、びくんびくんと腰を跳ね上がらせた。背中がしなり、啜《すす》り泣くような声で懇願する。

「あ、待って……っ、達《い》っちゃったの、待って、くださっ」

「今は無理、俺も……達《い》かせろよ」

明司にも余裕がないのか律動は止まらない。

紗絵は切羽詰《せっぱつ》まった声を上げながら、狂おしいほどの快感から逃れようと腰をくねらせた。だがその動きで弱い部分を擦ってしまい、さらに強烈な刺激に襲われる。

「無理……も、無理、なのっ」

終わらない絶頂感に、全身の痙攣《けいれん》が止まらなくなる。

がくがくと腰を振るとてつもなく淫《みだ》らな様子が、明司をさらに興奮させているとは夢にも思わない。

「ひ、あっ……もうっ……だめっ、なんか、きちゃ、あっ」

引っ切りなしによがり声を上げ、開けっぱなしの口から溢《あふ》れた唾液がブラウスを濡らした。

膣からなにかが溢《あふ》れそうな感覚がしてくると、さらに激しく最奥《さいおう》をごんごんと穿《うが》たれた。ぐじゅっと耳を塞ぎたいほどの淫音が立ち、頭の奥でなにかが弾ける。うねる蜜襞が彼のものに熱く絡まり、男の精を搾《しぼ》り取るかのごとく収縮を繰り返す。

次の瞬間、体内でさらに大きく怒張《どちょう》が膨れ上がった。

「もう、出すぞ、あー、達《い》く……っ」

密着した肌がぶるりと震えた瞬間、体内で白濁が弾けた。避妊具越しに、びゅく、びゅくと精を注《そそ》ぎ込まれ、全身が心地好い疲れに満たされる。

「……っ」

声も出せないまま、同時に何度目かの絶頂に達した紗絵の意識は、深いところへと落ちていったのだった。

それからどれくらいの時間が経ったのか。

尿意を催《もよお》したような感覚で目が覚めると、下肢からぴちゃ、ぴちゃと水音が聞こえてくる。

「ん……っ」

馴染んだ感覚が全身に広がり、無意識に腰を揺らしてしまう。

目を開けると、ベッドに身を沈め、淫《みだ》らに足を開いていた。

「あ、かしさ……っ？　あ、あぁっ」

彼は紗絵の足の間から顔を上げて、口元を緩めた。手を伸ばして、彼の艶《つや》めいた黒髪をくしゃくしゃにかき乱す。

「なん、で……」

片足を抱えられ横から突き挿《い》れられると、感じやすい部分に当たり、一瞬で達してしまいそうになる。

どれだけ寝ていたのかわからないが、ベッドの上で膝立ちになった明司は全裸だった。

「寝るにはまだ早いだろ？」

「ひぁぁっ」

シーツをぎゅっと掴むと、伸びてきた明司の手に乳房を鷲掴《わしづか》みにされる。片足は彼の肩に抱えられ、ずんずんと腰を押し込まれた。

痛いほどに乳房を掴まれているのに、不思議と心地好さしか感じなかった。乳首を摘まれ指の腹で引っ張り上げられる。その間も抽送《ちゅうそう》は止まらず、角度を変えながら腰を打ちつけられた。

「あっ、あん、あ、あっ」

明司の汗が胸や腹に飛び散り、その刺激にすら感じてしまう。何度となく達しているというのに、際限なく欲しがるこの身体はどうしたものか。

「明司さん……好き、いっぱいして」

体内で彼のものが一段と大きく膨れ上がった。ぐっと呻《うめ》くように息を詰めた明司が、激しく腰を振りながら恍惚《こうこつ》と目を細めた。

「俺も、紗絵が好きだ」

好き、という言葉に反応するかのように媚肉が蠢《うごめ》き、男のものを締めつけた。思いっきり突き上げられて、下肢から迫《せ》り上がってくる強烈な快感に呑み込まれていく。

「ぎゅって、して」

紗絵が腕を伸ばすと、上げていた足が下ろされ、真正面から抱き締められた。

唇が塞がれて、明司の背中にしがみつく。汗ばんだ肌と肌が合わさり、その刺激だけで達してしまいそうになる。

「ん、んんっ、はぁ」

舌が絡められ、唾液ごと啜《すす》られて、甘い唇を味わい合う。すべてが一つになり、頭の中で響く鼓動すら、どちらのものかわからない。

「ずっと一緒だ、紗絵」

唇を軽く触れさせながら彼が言う。

体内で膨れ上がる彼のものを愛おしく感じながら、気が遠くなるような絶頂の波に攫《さら》われていったのだった。

第十章

週末、警察に連れていかれた田中の両親と話し合うため、明司と喫茶店を訪れた。警察を通して二人に謝りたいと、両親から連絡があったのだ。

ドアには「閉店します」という張り紙が貼られていた。ドアを開けて中に入ると、いつもなら常連客と、注文を取る妻や娘の声が響いている店内は、シンと静まり返っている。

「このたびは……本当に申し訳ございません」

店主と妻は、明司と紗絵が店内に足を踏み入れるなり、揃って頭を下げた。

二人は見ているこちらが気の毒に思ってしまうほど憔悴《しょうすい》しきっていた。妻は何日も眠れていないのか、目の下が落ちくぼんでしまっている。店主もしばらく見ない間に白髪《しらが》が増えたように思えた。

(でも……気にしないでください、なんて言えないし)

落書きの件で紗絵が恐怖を覚えたのは記憶に新しく、そう簡単に許すことはできない。

明司も厳しい表情を崩さず、謝罪には答えないまま、口を開いた。

「まずは、話をさせてください」

明司が言うと、四人席に案内された。湯飲みが明司と紗絵の前に置かれて、妻も店主の横に腰かける。

「娘さんの様子はどうですか?」

「警察の取り調べでは、聞かれたことにちゃんと答えている様子です。面会に行った時は……夢から覚めたような顔をしていました」

「この店で会ってから、ずっと槌谷さんに憧れていたことは知っていました。でも……お客様の家に押しかけて、放火しようとするなんて……っ」

店主の妻がテーブルに視線を落とし、声を詰まらせながら話す。

「どの程度の罪になるかはわからないですが……初犯であれば、執行猶予《しっこうゆうよ》となる可能性もあるでしょう。ですが、こちらとしては、同じことを繰り返されるのは困ります。娘さんは、私の婚約者である彼女に危害を加えようとした可能性がある。それを許すことはできません」

明司の言葉に、店主の妻が全身を震わせた。

「当然です。許されるとは……思っておりません。落書きや放火だけでなく、勤務先やマンションを見張り、しつこく電話番号を聞き出そうとしたと警察から聞きました。槌谷さんへの接近禁止命令が出されるのは確実ですが、私たちは……娘が戻ったら一緒に田舎《いなか》に帰ろうと思っています」

それを聞いて、紗絵はほっと肩の力を抜いた。

起訴されたとしても大した罪にはならないだろう、と明司が言っていた。もし彼女が店舗兼住居であるこの場所に戻ってくるようなら、自分たちが引っ越そうとも相談していたのだ。

明司に怒鳴られ、思い描いていたような人物じゃないと知ったことで執着は失せたとしても、もう二度と関わりたくなかった。

「それで、今日お呼び立てしたのは、謝罪もありますが……こちらを、お納めいただけないかと思いまして」

店主が銀行の封筒を明司の前に差しだした。その厚さは一センチほど。

明司は眉を顰《ひそ》めて、鋭い目を店主に向けた。たじろいだように身体を引く店主を見ていると、いよいよ同情したくなってくる。

「金銭で解決したいのであれば、弁護士を立てて書面を作成してもらった方がいい」

「ち、違います！　金を払って、それで許してほしいということではないんです。私たちには、詫びる方法がこれしか思いつかず……」

「それなら金は結構です。娘さんが罪を償い、私と彼女に二度と関わらないでくれるのなら」

明司は封筒を店主に突き返し、椅子を引いて立ち上がった。紗絵も明司に倣《なら》い、椅子を引く。弁護士を立てて、とわざわざ話したのは、第三者のいない場で金銭のやりとりをするのは望ましくないという忠告だろう。

「紗絵、帰ろう」

「あ、はい」

明司に続いて、紗絵も店を出た。振り返ると、店主と妻が立ち上がり、こちらに向けて頭を下げている。

二度とこの店のモーニングは食べられないのだなと考えると、少し残念な気がした。

隣を歩く明司を見つめる。いつもと変わらないように見えるが、口数が少ないのは自分を責めているからかもしれない。

明司が彼女に気を持たせるようなことをするはずがない。なにがきっかけになったかはわからないが、彼のせいなわけがないのだ。

「明司さん、お腹空《す》きません？」

紗絵は明司の手をそっと掴み、ことさら明るく声をかけた。彼の纏《まと》う空気が柔らかくなり、微笑みが向けられる。

「なにか食って帰るか？」

時刻はすでに昼を回っている。駅に隣接する商業施設は非常に混雑しているだろう。

「こんな時は肉を食べましょう！　あっちに私がよく一人焼き肉するお店があるんですよ！」

明司の腕をぐいぐいと引き、焼き肉屋への道を歩いた。

「カウンター席もある店か？　そこなら俺もよく行くな」

「そうです、っていうか私たち……お店の好みがけっこう似てますよね」

そういえば先ほどまでいた喫茶店でも偶然会ったのだ。空腹時に並ぶのがいやで、紗絵は商業施設のレストランには行かない。聞けば、明司も同じだと言う。

「夫婦って、性格も似るって言いますし……え、そのうち私も明司さんみたいになるのかな？」

自分が、目をキリッとさせて腕を組みながら「報告、連絡、相談はしろと常々言っているでしょう！」と偉そうに言っているところを想像し、噴きだす。

「お前が今なにを考えているかはわからないが、俺にとって良くないことだっていうのはわかるぞ。むしろ紗絵が俺のようになるなら安心だろう。俺がお前にみたいになったらどうしてくれる」

「私みたいに……ぶふっ、あははは、変なこと言わないでくださいよ！　明司さんが、うっかり玄関で寝てたり、靴下左右別々のを履いてたりしたら笑っちゃう」

「笑い事じゃないぞ、アレを見た時俺はお前が玄関で倒れてるのかと思って、救急車を呼ぼうとしたんだからな。まさか、疲れて玄関で寝る奴がいるとは思わなかった」

明司は、玄関で寝ている紗絵を見た時のことを思い出したのか、疲れたようにため息をついた。

それほど心配させてしまったのなら申し訳ない。

「一緒に暮らして数日は気をつけてたんですけど、一人じゃないって思うと、よけいに気が抜けるみたいで……ごめんなさい」

明司と一緒に暮らすようになって、紗絵の迂闊《うかつ》さはよりひどくなった。家でリラックスしているせいか仕事のミスは減ったと明司は言う。

むしろ玄関で寝ている紗絵を寝室に運び、甲斐甲斐しくパジャマに着替えさせ寝かせてくれるのだから、甘やかしっぷりが半端ない。

「別に怒ってない。紗絵に手がかかるのは今さらだし、プライベートでうっかりやらかす分には問題ないし、俺のそばだからって気を張られるよりずっといい」

明司はこちらを見て、かすかに口元を緩めた。

「仕事とプライベートはきっちり分けてますから！」

「分けてるか？　お前、仕事中、何度も俺のこと〝明司さん〟って呼んでるだろうが。社長呼びの方が少ないぞ」

「う……そうでした……」

気をつけているつもりではいたが、呼び方を仕事とプライベートで使い分けるなんて器用な真似はできず、何度も間違えた結果、明司と紗絵の関係は社内でほぼ公認となってしまっている。

それに、仕事とプライベートで常に一緒にいることで、多少の不都合はあった。

説教中に紗絵が「明司さん」呼びをすると、彼の方に恋人のスイッチが入ってしまうのか、どうにも甘やかしたくなるらしい。不本意だという顔で「もういい」と言われること数回。

ラッキーとは思えない。だいたいその夜は、腹いせのようにドSっぷりを発揮した抱き方をされ、翌日に甲斐甲斐しく世話を焼かれる羽目になる。

「結婚するまでは一応、互いの立場を考えた方がいいからな。あぁ、それとも、俺に責められたくてわざと間違えてるのか？」

明司が口元をにやりと緩めて言った。

「断じて違います！」

紗絵は顔を真っ赤にして、勢いよく首を横に振りながら叫ぶ。ドS上司に怒られたいわけでも、いじめられたいわけでもない。紗絵にそんな趣味はないのだ。

「それは残念。なら、結婚するまで間違えないようにしろよ」

明司の手のひらがぽんと頭にのせられて、軽く撫でられた。

「結婚したら、いいんですか？」

すると、なにを言っているんだと明司に呆れた目を向けられた。結婚しても、明司が社長なのは変わらないのに、と疑問を持っただけなのに。

「結婚したら、お前は社長夫人。同僚たちは全員、部下になるだろうが」

「部下……」

思いもしなかった明司の言葉に驚き、青ざめる。

まだ一級建築士の資格も取れていないのに、明司と結婚しただけで自分の立場が変わるとは考えてもいなかった。

「役職もつけるか？」

「いいですいいです！　いりません！」

紗絵が必死に言い募《つの》ると、明司が噴きだすように笑った。

「冗談だ。別に本気でもいいんだが、お前は嫌がると思ったからな。結婚したあとも今まで通りでいい」

「そうですか……良かった」

紗絵はほっと胸を撫で下ろしながら、明司を見つめた。

いつまでも負けたままでいたくはない。追いつきたい、いずれは追い越したい。その気持ちにうそはないけれど、まだもう少しだけ勉強する時間がほしかった。せめて資格が取れるまで。

甘えたくなって明司の腕にもたれかかると、わかっているとでもいうように、手のひらをきゅっと握られた。


それから数週間後の週末、紗絵は明司と一緒に彼の実家に赴《おもむ》いた。

明司の両親に会うため、ずいぶんと久しぶりにスカートを穿いた。華やかな桃色のフレアスカートとクリーム色のブラウスは、紗絵を少しは落ち着いた大人の女性に見せてくれるだろうか。

彼の実家があるのは世田谷の一等地で、第一種低層住居専用地域にあたる。この辺りは坂が少なく平坦な土地で、住宅街の全域が台地の上にあるため災害にも強いとされていた。

都内にしては土地が広く、庭付き一戸建てが多いのは、建ぺい率——つまり敷地面積に対する建築面積の割合が四十パーセントと定められているからだ。

さらにこの街独自の協定により、開放感のある街並みを守っていた。仕事上、都内各所の坪単価は頭に入っているが、ここは都内随一の高級住宅街である。

「もういいか？」

「もうちょっと待ってください。わかってはいましたけど、明司さんって本当にボンボンだったんですね」

紗絵は立派な門の前で深呼吸を繰り返した。門の前に立ち、すでに十分は経過している。

呆れたような目で見られるのはいつものことだが、紗絵はこれから明司の父、つまり槌谷建設の社長とその夫人に会うのだからどうしたって覚悟が必要だ。

「まあ、そうかもな。どうせなら玉の輿《こし》って喜べよ」

「喜べませんよ！　どれだけ脳天気だと思ってるんですか！　槌谷社長とお会いするのなんて面接以来で緊張しかありません！」

「もういいな、押すぞ」

「えっ、待って！」

紗絵の制止を聞かず、明司がインターフォンを押してしまう。すると、庭から十メートルほどの場所にある玄関からすぐに女性が出てきた。

「母だ」

「こ、こんにちは！　はじめまして」

紗絵が慌てて頭を下げると、明司の母──明香里《あかり》は明司とよく似た目をしてため息をついた。

すらりと背の高い、上品な女性だ。明香里は、紗絵を一瞥《いちべつ》しかすかに口元を緩めただけで、すぐに視線を逸らした。

「こんにちは。ずっと門の前に立ってるから、いつ入ってくるのかと思ったわ」

紗絵がはっと顔を上げると、視線の先には門を映す一台のカメラがあった。つまり門の前で深呼吸をしている姿をずっと見られていたということだ。

「話は中で聞くから。どうせ結婚の挨拶《あいさつ》でしょ？」

「あぁ」

紗絵は明司の母に自己紹介をするタイミングを完全に失い、とぼとぼと後ろをついて歩いた。

それにしても、家族仲が良くないと聞いていたが、思っていたよりも普通だ。明香里の態度が淡々とし過ぎていると感じるくらいか。

「父さんは？」

「たぶんいるんじゃないかしら？」

お屋敷と言ってもいい広さの家だ。そういうこともあるだろうと無理矢理自分を納得させたものの、夫が家にいるかどうかもわからない夫婦の姿は、紗絵の目に歪《いびつ》に映った。

リビングに通され、座って待つように言われる。

背もたれが曲線を描く独創的なデザインのソファーに腰かけると、家政婦と思われる老齢の女性がティーカップをテーブルに置いた。

「明司さん、お久しぶりですね。お変わりありませんか？」

「あぁ、チエさんも、元気にしてたか？」

明司がふっと気を抜いたのがわかった。おそらくこの女性は長年、槌谷家で働いてきたのだろう。明司は母親が出てきた時より、よほど気楽な雰囲気だ。

「ええ、なんとか。そろそろお勤めするには厳しいのですがね……」

「父と母があれじゃ、辞められないか。顔を出しただけマシと思ったが」

チエと呼ばれた女性が苦笑を漏らし、紗絵に目を向けた。

紗絵が会釈《えしゃく》をすると、目の横のしわを深めた穏やかそうな顔でじっと見つめられて困惑する。

「可愛いお嬢様ですね。明司さんは、一生独身を貫くのではないかと心配していたのですよ。愛情を向けられる人が現れて、本当に良かった。では、旦那様を呼んで参りますね」

「あの方は？」

チエが出ていったあと、そう尋ねた紗絵に予想通りの答えが返される。

「住み込みで家政婦をしてくれてるチエさんだ。俺の育ての親でもあるな」

「辞められないって言ってましたけど」

「父と母はチエさんがいないと会話が成り立たないんだ」

「えっ？」

どういう意味かと聞く前に、チエが一人の男性を連れてリビングに戻ってきた。

紗絵はさっと立ち上がり、頭を下げる。明司も立って、軽く頭を下げた。

明司の父、宗司《そうじ》は、ロマンスグレーの髪を後ろに撫でつけたスーツ姿で現れた。

社長とは最終面接で会ったきりだが、風格のある佇《たたず》まいが明司とよく似ていると思った。

(うちのお父さんと大違い……)

昨日は、明司が紗絵の実家に挨拶《あいさつ》に来てくれたのだが、その際、父はTシャツにハーフパンツという部屋着だった。一人スーツを着用していた明司が浮いて見えたくらいだ。

「あの、ご無沙汰しております……っ」

「いいよ、楽にして。仕事で来たんじゃないんだろう？」

宗司に手で制され、明司と共にソファーに腰かける。

「は、はい……明司さんの部下の、本田紗絵と申します」

「紗絵と結婚するから。その報告だけしに来ました」

「そうか、おめでとう。披露宴《ひろうえん》の出席者は一覧を作らせるが、槌谷の関係者が多くなるだろうから会場を先に押さえておくように。席次表ができたら見せなさい」

「わかりました。じゃあ、そういうことで。紗絵、行こうか」

明司がソファーから立ち上がるのを、当然のように見ている宗司が信じられなかった。

「え、えっ⁉　もう⁉　来たばっかりじゃないですか！　お母さんとお話ししなくていいんですか⁉」

「母とは、玄関で話しただろ？」

紗絵には明司がなにを言っているのか理解できなかった。

明香里にはまだ挨拶《あいさつ》すらできていない。それどころか、名乗ってすらいないのだ。

「あれは話したとは言いませんよ！　もっとこう、みんなでご飯を食べたり、明司さんの小さい頃の話を聞いたり……っ。おねしょしてビービー泣いてる明司さんの写真を見て、鬼上司にもこんな可愛い頃があったのねって笑ったり！」

思わず紗絵が立ち上がって力説していると、目の前で噴きだすような声が聞こえてくる。

「父さん？」

「お、お前の奥さんになる子は、可愛いな……チエさん、明司がおねしょして泣いてる写真あったかな？」

宗司が耐えきれないとでも言うように、腹を抱えて肩を震わせていた。目には涙まで滲《にじ》んでいる。

「探してきましょうか。もしかしたら、二歳頃ならあるかもしれませんね」

「やめてくれ！」

珍しく明司が耳まで赤くして叫んだ。

すると、チエまでクスクスと声を立てて笑い始めた。

「紗絵～、お前なぁ！」

痛いくらいにぐりぐりと頭を撫でられると、騒がしかったのが気になったのか、明香里がリビングに顔を覗かせた。

「どうかしたの？」

「奥様！　今、明司さんの小さい頃の話をしていたんですよ。紗絵さんが写真を見たいそうで」

「小さい頃？」

明香里は、ソファーに座る夫の宗司には視線も向けずチエと話していた。それが普通なのか、宗司も気にしているようには見えない。

「たしかアルバムは、奥様の部屋に置いてありましたよね？」

「え、えぇ……持ってくればいいの？」

明香里と目が合い、紗絵は「お願いします」と頷いた。

この時の紗絵に、どこかで掛け違ってしまったのだろう家族の糸を、自分が解こうなどというおこがましい考えがあったわけではない。ただ純粋に明司の小さい頃の写真が見たかったのと、もしかしたら少しだけ家族らしいことができるのではないかと思っただけなのだ。

明香里は、困惑した表情のままリビングを出ていった。その間に、チエが新しいティーカップを用意する。

「俺の小さい頃の写真なんて見ても楽しくないぞ？　お前と違って、笑える写真は一枚もないからな」

「えっ、笑える写真なんてありましたっ⁉」

「あったぞ。前髪を切るのに失敗して、ぱっつんになってた写真はおもしろかったな」

「あれ見たんですか！」

「お義母《かあ》さんが見せてくれたんだよ」

紗絵がひぇっと悲鳴を上げると、明司はさらにおもしろそうに続けた。

「あれは三歳頃のか？　腹を出して寝てる写真もあったし、鼻に指を突っ込んでる写真もあった」

「もっと可愛いのが、ほかにたくさんあったはずですけど！」

じろりと睨《ね》めつけたところで、明司はあっけらかんとしていた。

それどころか、楽しそうに口の端を上げてこちらを見てくるものだから、緊張で強張《こわば》っていた肩から力が抜けていった。

「全部可愛かったよ。愛されてるな、お前」

紗絵は明司の目が切なそうに揺れるのを見逃さなかった。だが、口を開く前にリビングのドアが開き、数冊のアルバムを抱えた明司の母が入ってくる。

「紗絵さん、これでいいの？」

明司と紗絵の前にアルバムが置かれる。

「ありがとうございます。見てもいいですか？」

「ええ、もちろん」

紗絵はアルバムを一冊手に取ると、中を開いた。

貼られていた写真は、おそらく明司が生まれたばかりの頃のものだ。病院のベッドだろう、母親に抱かれた小さな赤ん坊の写真が収められている。

「生まれてすぐから、こんなに美形なことってあるんですね」

「乳幼児の顔なんてそんなに変わらないだろ」

「えぇ～私と全然違いますよ！　ほら、目がキリッとしてるじゃないですか」

紗絵が一枚の写真を指差して言うと、明司がどれどれと覗き込んでくる。だが、よくわからなかったのか首を傾げていた。

「そういえば……同じ日に出産した方に、あなたの子は綺麗な顔をしてるわねって言われたわ」

明香里は立ったまま紗絵の手元を見ていたが、懐《なつ》かしそうに目を細めた。

「パパにそっくりですねって、看護師さんも」

ぽつぽつと語られる幼い頃の話に、明司が驚いたように目を見開いた。

「父さんが病院に来てたのか？」

パパ、という言葉に驚いたのかと思ったのだが、父親が病院に来ていたことに驚いていたようだ。

「あぁ……まぁな」

宗司はばつが悪そうな顔をして、妻を見つめた。

アルバムのページを捲《めく》っていくと、生まれたばかりの明司と宗司と明香里の三人で撮った写真がある。二人は笑顔でとても不仲には見えなかった。

「初めての子で……とっても不安だったの。すぐに泣くし、寝てくれないし……宗司さんは仕事が忙しくて、私の話なんて全然聞いてくれなかった。私は、ノイローゼ気味になってしまって、子育てをほとんどチエさんに任せきりにしてしまったのよ」

明香里は後悔しているかのようにため息をついた。

チエもその頃を思い出したのか、辛そうに眉を顰《ひそ》める。

「写真でしか、明司さんに会えなかったんですよ……奥様は」

「いつの間にか……結婚する年齢になってたのね、驚いたわ。写真は大学の卒業式までしかないし」

寂しそうな声だった。けれど、仕方がないと諦めているような声でもあった。

明香里と明司は互いに目を合わせようとはしない。ここに到着してからずっと、まるで他人のような距離感だ。

憎み合っているわけではなく、歩み寄る方法がわからないだけなのかもしれない。

「じゃあ、今の明司さんの写真は、私が撮ってお義母《かあ》さんに送りますね」

「えっ？」

明香里が驚いたようにぱっと顔を上げた。

「もし孫が生まれたら、写真だけじゃなくて、明司さんにできなかった分、抱っことかしますか？」

紗絵が言うと、おずおずと宗司が手を挙げた。

「それ、私も参加してもいいだろうか」

「ふふっ、もちろんです！　明司さん！　早く赤ちゃん作りましょう！」

「いや、待て。俺、お義母《かあ》さんに結婚式で妊娠発表はしてくれるなと言われてるんだが。計画は大事だろう」

ちょっと落ち着け、と肩を叩かれるが、紗絵の口は止まらない。

「明司さんだって、早く子どもがほしいって言いましたよね？」

「言ったけどな。俺が率先して約束を破るわけにはいかないだろうが」

「お母さんはお兄ちゃんを二十歳ちょっとで産んで、親戚にデキ婚だなんだって散々言われたから、そう言ったんですよ。でも今の時代、おめでた婚なんて珍しくないじゃないですか。それでからかってくるような人は時代遅れです」

紗絵が自信満々に言うと、明司は仕方がないなというように頷いた。

「わかったよ」

「恋人の時の明司さんは、本当に私に甘いですよね」

紗絵がふふっと声を立てて笑うと、両方の手で髪をくしゃくしゃにかき混ぜられた。

「お前なぁ」

「あ〜もうさっきからひどい。髪の毛せっかく綺麗にセットしてきたのに！」

手で頭を押さえるも、寝起きレベルで乱れた髪は元に戻りそうにない。

こちらを見ていた明香里とチエが顔を見合わせ、呆気にとられたように口を開けた。どうやら宗司は笑い上戸らしく、またもや肩を震わせている。

「お前たち、家族計画の話は二人きりでしたらどうだ？」

紗絵は笑い顔から一転、額に冷や汗をかいた。子作りの話を明司の実家でするなんて、と我に返ってももう遅い。

（私って……私ってなんでこう、いつも考えなしなんだろう……！）

ごめんなさい、と謝ろうと顔を上げると、宗司と明香里、チエが顔を綻《ほころ》ばせて、紗絵を見ていた。

恐る恐る明司を見ても、怒っている様子はない。

「こんなに楽しいの、久しぶりね……紗絵ちゃん、また来てくれる？　お家で撮った明司の写真も、見せてくれると嬉しいわ」

「はい！　写真もですけど、本人もまた連れてきますね」

「えぇ、楽しみにしてるわ」

明香里は満足そうな笑みを浮かべると、弾んだ声を上げた。宗司もまた、楽しそうな妻の姿を眩《まぶ》しそうに見つめている。そして二人は顔を見合わせ、決まりが悪そうに目を泳がせるが、その口元は緩んでいた。


帰り道、運転席に座る明司をちらりと見て、尋ねる。

「怒ってないんですか？」

「怒る？　なにをだ？」

非常識過ぎる振る舞いをした自覚はあった。楽しくなってしまい、明司の実家だということを忘れて、嬉々として子作りの話をするなんて。

「いや、むしろ感謝してる」

「感謝？」

感謝されるようなことをした覚えはないが。紗絵が首を傾げると、明司がくつくつと楽しげに笑った。

「いいよ、お前は気づかないままで。婚姻届を出しに行こう。そのあとは子作りだな」

「こづ……っ、なんてこと言うんですか！」

「実家で散々恥ずかしげもなく話してたじゃないか。二人きりならいいだろ」

「そうですけど」

「まぁ、どうなるかはわからないが、たとえ計画通りにいかなくてやきもきしても、お前となら楽しそうだ」

明司はハンドルを握ったまま、幸せそうに口元を緩めた。

その横顔を見て、紗絵は、明司と自分と、まだ見ぬ子どもたちのいる未来に思いを馳《は》せた。それはきっと、今日のように楽しいに違いない。

番外編

夫婦で、ライバルで、誰よりも好きで

明司と結婚し二年が経った。

紗絵は、荷物が運び込まれたばかりの新居に足を踏み入れる。まだ誰も住んでいない家はがらんとしていて、嗅ぎ慣れた独特の匂いが充満していた。

引き渡しから数日、今日からこの家で暮らすこととなるのだ。引っ越し業者に片付けを頼んだため、ほとんど住める状態になっているのだが、細かい部分はまだ手つかずだった。

郊外に購入したこの土地は、五十坪ほどの広さで、駐車場とは別に庭も作れるくらいに広い。外構工事もすでに終わっており、駐車場とは別にリビング側に花壇を設《もう》けた。

建物は二階建てで、玄関を入り廊下を抜けた建物の中心部分には、三十畳ほどのリビングがある。その隣には仕切りをして客間としても使える和室を作った。

吹き抜けになっている天窓からは採光が差し込み、リビングを照らしている。学生時代の明司の作品『ずっと住み続けられる家』とは細部が異なっているが、外観や室内の配置はほぼ同じだ。

二階の間取りは主寝室のほかに三部屋あり、仕切りを外せばホールのように見えるところまで。

「今日から、ここで暮らすんですね」

紗絵はキッチンで片付けをしながら、室内を見回し感嘆の声を上げた。

「何度目だよ、それ」

隣に立って、皿を拭いていた明司が手を止めて苦笑した。家が完成してから、何度となくここを訪れている。しかも、仕事柄新居に立ち入ることが多いため、慣れているはず……なのだが。

学生時代にずっと憧れていた作品が、現実のものとしてここにあることにまだ実感が湧かない。明司の手がけた家に彼と一緒に住めるなんて、あの頃の自分が聞いたら卒倒するだろう。

「そうなんですけど」

「でもお前の気持ちもわかるよ。仕事柄慣れていても、俺たちの家だと思うと感動するよな」

「ほんと……啓司《けいし》も喜びますね」

「走り回って怪我をしなければいいがな。今日は母さんたちが嬉々として面倒見てるから、ゆっくりできるぞ」

紗絵は有言実行とばかりに、入籍してすぐに避妊をやめた。それから数ヶ月で妊娠に至り、現在、一人の子を持つ母親だ。

啓司はまだ一歳。立って歩けるようになったばかりで目が離せないが、義父母によく懐《なつ》いているし、槌谷の実家にはチエさんもいる。大量のおもちゃも置いてあるため、むしろ帰りたがらないかもしれない。

「ゆっくりって、片付け、まだまだかかりそうですけど」

「別に今すぐやらなくたって、とりあえず生活ができればいいいんだよ」

「そうですね。っていうか、明司さん……最近、私に似てきましたね。昔はなんでもきっちりやる人だったのに」

紗絵が笑いながら言うと、明司もまた頷きながら笑みを浮かべた。

「お前と一緒にいると気が抜けるんだろうな。一人暮らししている時は、実家の延長のような感覚だったが、今はどこにいても紗絵がいるだけでほっとする」

食器を棚に戻しながら明司が言った。それを聞いた紗絵は、思わず手に持っていた皿をシンクに落としてしまう。残り一枚だったため割れずに済んだものの、動揺は隠せなかった。

結婚して二年も経つのに、夫としての明司が甘過ぎていまだに慣れない。

「もう、私をこんなメロメロにして楽しいですか？」

「楽しいに決まってるだろ」

笑いながら頬にキスをされて、落とした食器を奪われる。明司は手早く皿を洗い直し、最後の一枚を棚にしまった。

「そっちでちょっと休んでろ。疲れただろ？　コーヒー淹《い》れるから」

「はい」

紗絵はソファーに腰かけて、ぼんやりと天窓を眺めた。以前住んでいた都心のマンションからこの家は多少距離がある。朝から動きっぱなしで、たしかに少し疲れていた。

「ほら」

「ありがとう」

差しだされたマグカップを受け取る。

明司もカップを手にして、紗絵の隣に腰かけた。

「どうした？　ぼんやりして。眠いなら、二階で休んでてもいいぞ」

「いえ、眠いわけじゃないです。ただ、まだなんか……夢みたいだなって。でも同じくらい、悔しいから複雑なのもあるし……。私も個性がほしいなぁとか、いろいろ考えちゃって」

紗絵は夢だった一級建築士の資格をようやく取得したばかりだ。けれど、明司に対する憧れが強過ぎるせいか、自分でデザイン設計したとしても、どことなく彼の考える間取りや外観デザインと似てしまうのが悩みだった。

槌谷住宅を訪れる客のほとんどは槌谷明司の設計を望む。この家を見ると、やはり彼は天才だと実感するし、槌谷紗絵の設計でと名指しで依頼される日は、まだまだ遠いなと落ち込んでしまう。

「行き過ぎた個性なんて邪魔になるだけだぞ。芸術家として建築物の設計に携《たずさ》わるならわかるが、住宅の設計に斬新さは不要だ。ただ、自分の中でどうしても譲れない部分があるだろう？　それを突き詰めていけば個性になるさ」

明司が手がける住宅は、どれもリビングの採光にこだわっている。家族が自然と集まれるように、そんな願いが込められているのがわかる。自然光の差し込む角度や時間帯による変化まで計算し尽くされているのだ。どの住宅も明るく温かな雰囲気で、決して古めかしくないのに、祖父母の家に遊びに行った時のような安心感がある。

「譲れない部分……ですか？　なにかあるかな」

紗絵は首を捻《ひね》って考えるが、なにも浮かんでこない。

意識しているのは、クライアントが希望した以上の設計をすること、くらいだろうか。

いざ自分の名前で仕事を請け負うこととなった時、なにも思い浮かびませんでは話にならない。

紗絵はがっくりと肩を落とした。

「気づいていないだけで、紗絵はもう無意識にやってるぞ」

「気づいてなかったら意味ないじゃないですか」

紗絵はコーヒーを飲みながら、ううんと唸《うな》る。

「じゃあヒントな。お前の性格を考えると、納得がいく」

明司は楽しそうに人差し指を立てた。性格を考えると、と言われてますます混乱する。紗絵の性格と設計がどう関わってくるのか。

「性格……迂闊《うかつ》？　おっちょこちょい？　そそっかしい？」

「そうそう」

声を立てて笑われるが、バカにされているのか、からかわれているのかどちらだろう。

昔のように、やたらめったら噛みつくことはなくなったが、それは自分が私生活で散々迷惑をかけている自覚があるからである。

「わかりません、教えてください」

お願い、と紗絵が手を合わせると、仕方がないなと呆れた視線が送られる。仕事ならば自分で考えろと怒られているところだが、相変わらず私生活では驚くほど甘い。

「使いやすさとシンプルさにこだわってるだろう、紗絵は」

「あぁ！」

たしかに、と自分でも納得した。

服のボタンは掛け違えるわ、シャンプーとトリートメントを間違えるわ、紗絵のそそっかしさはかなりひどい。

だがそれには、部屋の使いにくさも理由にあった気がするのだ。

一人暮らしをしていた時の部屋は、姿見を置く場所が玄関にしかなく、出かける前に全身をチェックして初めてボタンの掛け違いに気づいた。バスルームも棚の高さが合わず、シャンプーやトリートメントをまとめてバスタブの横に置いていたために起こる間違いだった。

クローゼットの中に姿見が設置できれば、バスルームの棚がもう少し大きければと、何度思ったことか。賃貸の部屋では、工夫して使いやすくするにも限度がある。

そのため、せめて自分が設計する時は、クライアントが暮らしやすいようにと知恵を絞り、動線を少なくすることやシンプルさに重点を置いていた。完全に無意識でだが。

「見ている限りだと、紗絵の設計は全体的にシンプルでわかりやすい。それに、ごちゃごちゃと物を置くような設計にしていない。デッドスペースを収納にすることで自然と片付けられる家を意識している。自分が納得いかなければ、顧客の要望から見直して修正してるくらいだから、そこにはかなりこだわってるんだろう」

「たしかに……はい、そうですね」

「俺もそれに気づいたから、設計段階で紗絵の要望をかなり取り入れたんだよ。結果、寝ぼけて玄関で寝るという防ぎようのないおっちょこちょいっぷりは健在だが、収納の場所を含めて、動線を考えて動きやすくしているから、度忘れして置きっぱなしなんてのは減っただろう？　俺と紗絵で考えてこの家を設計したんだ。紗絵にとっては、一人前になって初めて担当した住宅だな」

「私が……？」

ぐるりとリビングを見回す。

コンテスト用の模型とは収納の位置が違う。動きがなるべく少なくなるように、リビングを基点として階段やキッチンへの動線が考えられていた。

寝起きする二階の主寝室で着替えて、洗面所で顔を洗って、キッチンで食事を作って、最低限の動きで済むように一緒に考えた。ここの位置に収納があればしまいやすいのではないかと何度も設計図を見直した。そういう意味では、たしかに自分もこの家の設計に関わったと言える。

「昔『ずっと住み続けられる家』を作った時は、紗絵と出会っていなかった。俺とお前と啓司と住む、そう考えれば設計が変わるのは当然だろう。どの仕事も、誰と暮らすか、どんな風に暮らしたいか、考えることは同じだ」

「はい」

「それより俺は……夫になっても妻から一歩引かれてる気がして寂しいんだが……お前はどう思う？」

明司は手に持っていたマグカップをテーブルに戻し、ソファーの背にもたれかかる。含みのある妖《あや》しい視線で見つめられて、なぜか全身が総毛立った。

「引かれてるって……あの、そんなつもりは」

明司にマグカップを奪われると共に、腰に腕を回され引き寄せられる。額と額が触れて、すぐ近くで声が聞こえてくる。

「その話し方。二人でいる時も仕事みたいだろう。まぁ、公私で言葉を使い分けるって器用な真似ができないのはわかっているが、そもそもお前はすでに一級建築士であり社長夫人なんだから問題もない。それに、もう結婚して二年だぞ？　啓司相手には普通に話せるのに、どうして俺と話す時だけいまだにその口調なんだろうな？」

明司は唇の端を上げながら、紗絵を見据える。いつものように余裕のある態度は変わらないのに、どうしてだか違和感があった。

（もしかして……ちょっと拗《す》ねてる？）

そんなまさか、と思いながらも、彼が素直に感情を見せるタイプでないのは百も承知していた。拗《す》ねてますか、などと聞いて、そうだと返ってくるはずもない。

「明司さん……じゃなくて、明司」

紗絵はソファーの上に膝立ちになり、明司の首に腕を回す。自分からぎゅっと抱きつくと、彼の腕が背中に回され顔が首筋に埋《うず》められた。芯の太い黒髪がさらりと肌を撫で、くすぐったい。

「ん？」

「私ね、ずっとあなたの部下でいたかったみたい。明司に怒られて、近くで仕事を見られて、ずっとこのままでいたいって甘えてたのかも、ごめんね」

槌谷住宅のトップは明司だが、紗絵は社長夫人。明司に対して遠慮することはなにもない。それに、実績はまったく違っても、立ち位置は一級建築士で同じなのである。

紗絵がずっと口調を変えなかったのは、自分の自信のなさもあったが、それよりもずっと彼の部下でいたいという気持ちの表れだったのかもしれない。

いつかは追い越したいと思っていたのに、彼の部下という立場は居心地が良過ぎた。

「わかってるよ、そんなことは。だってお前、俺のことが好き過ぎるからな。それに、俺だって同じだ。いつまでも目の届くところにいてほしいし、紗絵が一人で仕事を成功させたら、寂しく思うに決まってる。でも俺は、お前が一人前になるのを邪魔したくない。できれば夫婦でライバルでありたいと思う」

「私がライバルになれるって思う？」

「誰がずっと仕事を教えてきたと思ってるんだ。なれるよ、お前なら。俺が止めてるけど、実際、リフォーム番組からオファーがきてるしな。それを受ければ仕事の依頼は殺到するだろう」

「え、私にっ⁉　どうしてですか？」

「口調、戻ってるぞ」

「あ、ごめん。でも、本当になんで？」

紗絵は、明司のように名前の売れるような仕事をしていない。クライアントに名刺を渡して、そこから新規顧客獲得に繋がることはままあるが、リフォーム番組に出られるような建築士は大抵名前の知られた有名どころだけだ。

「前田さん、覚えてるだろ？　夫妻の家が完成した際、いろいろな建築雑誌に取り上げられたのは知ってるか？　そのインタビューで俺と紗絵の名前が挙がったからな。それを見た夫人の知り合いが、オファーをしてきた番組の企画プロデューサーなんだ。新進気鋭の建築士という企画で、紗絵を使いたいと連絡があった」

止めていると言った通り、明司はあまり気が乗らないようだった。才能はもちろんのこと、それ以外――つまり見た目でも騒がれてしまうため、彼はあまりテレビの仕事を好まない。

だが、紗絵が彼のように見た目で騒がれることはまずないし、建築士としての仕事なら勧めそうなものなのに。ほかにも止める理由があるのだろうか。

「止めてるって……私がテレビに出るのが、いやなの？」

「いやに決まってるだろう」

「え、どうして？　テレビを観たクライアントが指名してくれるかもしれないでしょ？」

「それならいいが、お前自身を目当てにした男性客が来たらどうするんだ」

紗絵はあり得ないと一笑に付す。いまだに明司目当ての冷やかし客の対応は紗絵が担当している。この二年で新人は入社しておらず、社長夫人となって周囲は気遣ってくれたが、適材適所だ。

明司オタクである紗絵だからこそ、明司の建築の腕を見込んでの客かそうでないかは簡単に判別できるのだ。

「それはないでしょ、明司じゃあるまいし」

「でもし来たら？　その時に紗絵と客が応接室に二人きりだったら？　俺は気が気じゃないんだよ」

考え過ぎとは思うが、まったくないとは言い切れない。明司が自分を好きになるという奇跡が起こるくらいなのだから。

「心配？」

知らぬ間に個人情報を聞き出されて、紗絵が標的とされることを心配しているのだろう。かつて紗絵が巻きこまれた、明司に好意を寄せる田中響子の起こした事件を思い出すのかもしれない。

「あぁ。顔出ししないんなら考えてもいいが……出たいか？」

「明司がいやなら出ない」

紗絵もテレビ出演を積極的にしたいとは思っていなかった。なにより、明司がいやなら出なくて構わない。

「じゃあ、出なくていい。その分、ほかに活躍の場を作ってやるから」

明司はまるで懇願するように、紗絵を抱き締めた。紗絵の言葉に安堵の様子を見せる。そんなに紗絵がテレビに出演するのがいやだったのかと考えると、喜びが隠しきれない。

「明司が……そんな風に言うの、珍しいね」

「珍しいか？」

「前に言ったでしょ？　建築家としてのあなたは、いくら有名になってもいいから、私生活は全部私が欲しいって。本当は冷やかしのお客さんが来るたびにもやもやして、プライベートのこの人は全部私のものなのにって嫉妬してたから……明司が同じように思ってくれてて、嬉しい」

「嫉妬くらいするに決まってるだろ。実は啓司にまで嫉妬してる心の狭い男だぞ」

「啓司に？　あ……」

そうか、と思い至った。

彼は、自分も家族なのに、紗絵が啓司にだけ普通に話すのが気に食わなかったのだ。一歳児と張り合うなんておかしいが、彼にとってそこは譲れないところだったのだろう。

「ふふ」

「笑うなよ」

苦しいほどに抱き締められて、顔が胸に埋まった。目尻に口づけられ顔を上げると、触れるだけのキスが贈られる。

何度もキスを繰り返しているうちに、口の隙間から漏れる息遣いが荒くなり、全身が高揚していく。数え切れないほど身体を重ねてきたため、明司にスイッチが入った瞬間はなんとなくわかる。彼も同じだろう。いつだって、いとも簡単に紗絵の快感を引き出してしまうのだから。

「はぁ……」

紗絵が自分から舌を突きだすと、唇で強く引っ張られ、啜《すす》られる。

焦《じ》らすように舌の周りをくるくると舐《な》め回されたかと思えば、じゅっと音が立つほど吸われて、キスだけで呆気なく陥落《かんらく》してしまう。

膝の上に座っていると、すでに彼のものが雄々しく屹立《きつりつ》し反応しているのがわかる。キスの気持ち良さに流され、腰をくねらせるたびに芯を持った硬い陰茎で擦られるのがたまらない。

明司がぐっと腰を浮かせると、すでにしっとりと湿った陰唇から愛液が溢《あふ》れだし、入り口が彼のものに吸いつくようにひくひくと蠢《うごめ》いた。

「はぁ……ふ、ぅ……っ」

口腔《こうこう》を舐《な》め回され、美味《おい》しそうに唾液を飲み干された。唾液をかき混ぜるみたいに、ぬぽぬぽと激しく舌を抜き差しされると、粘ついた音が引っ切りなしに立つ。

執拗《しつよう》とも言えるほどに舌を舐《な》め回されて、それだけで酩酊《めいてい》した時のように頭がくらくらする。

「もう、したくなったか？」

触れるだけのキスをしながら聞かれて、いやらしく背中を撫でる手が、腰の括《くび》れを辿《たど》り、太ももの上を滑る。思わずもぞもぞと腰を浮かせて熱っぽい吐息を吐く。

彼の顔に頬を擦り寄せ、ねだるように自分から口を開けた。

「した、い……んっ」

ふたたび唇が深く重ねられた。唾液を絡ませながら舌裏を舐《な》められ、口の中に大量の唾液が溢《あふ》れてくる。あまりに激しい口づけに、咄嗟《とっさ》に唇を離そうとすると、後頭部に手が差し入れられて強く引き寄せられた。

「ここ、ぐちゃぐちゃに濡れてそうだ」

明司は臀部《でんぶ》を軽く揉みしだき、双丘の狭間をいたずらに指でなぞる。

「ひ、ぁっん」

びくりと腰が跳ねる。違う、と首を左右に振るが、劣情に煽《あお》られ、そそり勃つ陰茎に自ら秘裂を擦りつけている段階で説得力の欠片《かけら》もないとわかっていた。

柔らかい臀部《でんぶ》を指が食い込むほどに強く掴まれ、上下に揺さぶり揉みしだかれるが、布越しの間接的な刺激ではまったく足りない。

興奮しきった瞳に見つめられ、うっとりした視線を返す。彼の舌が唇から頬を辿《たど》り、耳朶《じだ》を口に含んだ。ぬるりと滑る舌で耳朶《じだ》をくちゅくちゅと舐《な》め回されて、狂おしいほどの快感が腰から生まれ、頭の先まで突き抜けていく。

「はぁ……はっ……耳、やだ」

しとどに濡れそぼり、ひくつく秘所に早く触れてほしくてたまらない。

もどかしさでどうにかなってしまいそうだ。下肢に感じる彼のものはすっかりいきり勃っているのに、どうして触れてくれないのだろう。耳の中を舌でかき回されて、耳の奥で響く湿った音がますます気持ちを昂《たかぶ》らせていく。

「あ、ん……お願い、して」

「もう少しだけ。こんな風にゆっくりキスするの、久しぶりだろ」

啓司が生まれてからも身体を重ねてはいたが、二人きりでゆっくり過ごすのはずいぶんと久しぶりだ。仕事と子育てが忙しく、翌日の仕事を考えて、時間をかけるような愛撫《あいぶ》は減っていた。

それも啓司がいるのだから当然だと思っていたが、もしかしたら、明司は寂しかったのかもしれない。

（ほんと……こんなに長くキスするの、久しぶり）

身体が昂《たかぶ》るようなキスと、交際を始めたばかりの頃を思わせるような愛撫《あいぶ》を与えられて、ますます甘い疼《うず》きが迫《せま》ってくる。角度を変えながら夢中になって舌を絡ませていると、頭の中が明司でいっぱいになってしまう。

「ふぅ……はぁ、ん、ん」

気持ちよくてたまらず、全身の血が沸騰したように熱くなる。か細く、濡れた声が止められない。口腔内《こうこう》で蠢《うごめ》く舌が、すべてを食らい尽くす勢いで縦横無尽に動く。肌が戦慄《わなな》き、腰から覚えのある予感が駆け上がってきた。

「はぁ、ん、はっ、だめ……ん、も」

口の中がどこもかしこも性感帯になったみたいに、どこを舐《な》められても心地好く、びくびくと腰が跳ねてしまう。

「キスだけで達《い》きそうだ」

明司が興奮しきった声を上げた。

一瞬、自分の心の中を覗かれたのかと思った。

紗絵もまた、キスだけで追い詰められていたからだ。

背中を撫でられるだけで、愛液がじわりと足の間を濡らして、下着を湿らせていく。どくどくと激しく鼓動が鳴り響き、触れられてもいないのに隘路《あいろ》がきゅんと収縮した。

はぁっと悩ましげな息を吐きだし、助けを求めるように彼の背中に縋《すが》りつく。

「全部、俺のものだ」

激しいキスの合間に、愛おしげに囁《ささや》かれた。

「あなたも、全部私のもの？」

「当然だろう」

ぐっと腰を突き立てられた瞬間、紗絵は全身を震わせて、絶頂の深い波に攫《さら》われたのだった。

勤め先が倒産した日に、長年付き合った恋人にもフラれた凪子《なぎこ》。これから人生どうしたものか……と思案していたところ、幼馴染の鮫《さめ》川《かわ》康《こう》平《へい》と数年ぶりに再会する。そして近況を話しているうちに、なぜか突然プロポーズされて!?　勢いで決まった(はずの)結婚だけれど、旦那様は不器用ながら甘く優しく、とことん妻一筋。おまけに職業柄、日々鍛錬を欠かさないものだからその愛情表現は精力絶倫で、寝ても覚めても止まらない!　胸キュン必須の新婚ストーリー♡

B6判　定価:704円(10%税込)　ISBN 978-4-434-31630-2

この作品に対する皆様のご意見・ご感想をお待ちしております。

おハガキ・お手紙は以下の宛先にお送りください。

【宛先】

〒150-6008 東京都渋谷区恵比寿4-20-3 恵比寿ｶﾞｰﾃﾞﾝﾌﾟﾚｲｽﾀﾜｰ 8F
（株）アルファポリス　書籍感想係

メールフォームでのご意見・ご感想は右のＱＲコードから、
あるいは以下のワードで検索をかけてください。

アルファポリス　書籍の感想　検索

ご感想はこちらから

ドＳ社長《しゃちょう》の過保護《かほご》な執愛《しゅうあい》

本郷アキ（ほんごう あき）

2023年 4月 25日初版発行

編集－本山由美・森 順子
編集長－倉持真理
発行者－梶本雄介
発行所－株式会社アルファポリス
〒150-6008 東京都渋谷区恵比寿4-20-3 恵比寿ｶﾞｰﾃﾞﾝﾌﾟﾚｲｽﾀﾜｰ8F
TEL 03-6277-1601（営業）　03-6277-1602（編集）
URL https://www.alphapolis.co.jp/
発売元－株式会社星雲社（共同出版社・流通責任出版社）
〒112-0005 東京都文京区水道1-3-30
TEL 03-3868-3275
装丁イラスト－南国ばなな
装丁デザイン－AFTERGLOW
（レーベルフォーマットデザイン―ansyyqdesign）
印刷－中央精版印刷株式会社

ISBN978-4-434-31908-2 C0093